어쩌다,
혼자 여행

최지은 에세이

어쩌다, 혼자 여행

최지은 에세이

언제나북스

여행에서 얻은 것들

여행은 일종의 중독이다. 여행에서 돌아와 일상을 살다 보면 어느 순간 '여행 갈 때가 됐다'는 본능이 스멀스멀 기어 나온다. 시기가 지났는데도 여행 갈 상황이 되지 않는다면 괴롭기 짝이 없다. 그때부터는 여행 갈 수밖에 없는 구조를 스스로 만들기 시작한다. 출장을 만들거나 친구를 만나러 가겠다거나 극단적으로는 이직하는 중간 타이밍을 노리기도 한다.

혼자 하는 여행은 중독 중에서도 최상위 버전이다. 그 맛은 해 본 사람만 안다. 특히나 장거리 이동할 때 사색하는 기쁨은 꿀맛이다. 선물 받은 고급 초콜릿을 누구의 방해도 없이 천천히 음미하는 기분이다. 신경 써야 할 가족이나 친구 없이 단출하게 내 한 몸만 챙기면 된다. 어디를 갈지 무엇을 먹을지 어떤 숙소를 잡을지 모든 것을 내 마음대로 할 수 있다.

　물론 화장실에 가거나 길을 물을 때처럼 짐을 지켜 줄 누군가가 아쉬울 때가 있다. 몇 시간을 걸어도 사람 하나 만날 수 없는 트레킹을 할 때 담소를 나누거나 사진 찍어 줄 동행이 그립기도 하다. 특히나 음식점에서 다양한 요리를 먹고 싶지만, 비용이나 양 때문에 한 접시만 시킬 때는 아쉬움을 넘어 속상하기까지 하다. 그럼에도 혼자하는 여행은 얻는 것이 더 많다.

　나에게 여행은 '보약'이다. 면역력이 떨어져 '어, 이러다 병나겠네' 싶거나, 심하게 아프고 나면 한약 한 재 먹어야겠다는 생각이 드는 것처럼 말이다. 여행을 다녀오면, 아니 여행을 위해 공항에 들어서면서부터 약 효과를 느낀다. 이번에는 얼마나 건강해질까.

　세상엔 수없이 많은 여행가가 있고, 여행 작가와 책이 있다. 모두 제각기 다양한 이유로 여행을 떠나고 책을 쓴다. 나에게 그 이유를 묻는다면, '치유'라 말하겠다. 생각보다 길어진 코로나 팬데믹으로 아직 자유로운 여행은 힘들지만 여행을 통해 '치유 받았던' 나처럼, 이 글을 읽으며 그 누군가가 공감하고 여행 떠날 힘을 얻었으면 하는 바람이다.

2022.1

최지은

목차

2장 여행지에서 얻은 것들 _ 두 번째 이야기

3장 여행자의 기본 자세

4장 여행자의 태도

5장 다시 한국에서

여행을 하고 난 뒤의 나는 그 이전으로 절대 돌아갈 수 없었다. FM대로 살아왔고 지금까지 알고 있는 상식, 책의 내용, 들은 것이 전부인 세계에서 살아왔다. 달걀프라이의 노른자는 반숙과 완숙이 있고, 그냥 먹거나 밥에 비벼 먹는 것이 전부였다. 빵을 찍어 먹는 소스로 달걀프라이 반숙이 식탁에 올라왔을 때 내 세상의 지축이 처음으로 흔들렸다.

고작 달걀프라이 하나로 내가 보는 세상의 지축이 흔들릴 거라고는 생각해 본 적도 없다. 세상에는 인생을 살아가는 정말 다양한 방식이 있고 삶을 바라보는 수천, 수억, 아니 지구상의 인구 수만큼의 관점이 있음을 깨달았다.

1,000일이 넘는 여행 중 8할은 혼자 다녔고, 그나마 나머지도 여행

에서 만난 사람들과의 짧은 동행이 전부였다. 혼자 돌아다니는 여행자에게는 세상과의 단절도 손을 맞잡는 것도 모두 자신의 선택이다. 세상과 격리되고 싶으면 한없이 자발적인 격리를 선택할 수 있다. 반대로 손만 내밀면 언제든 그 세상과 접속이 이뤄진다.

특히나 널리 알려진 여행지가 아닌 곳에서 혼자 움직이는 여행자는 주목받을 수밖에 없다. 아직까지 이 세계는 여행자가 손잡아 달라고 내밀면 언제든 손을 맞잡고 이야기 나눌 수 있는 공간이다. 그곳이 타지인에게 마음을 따뜻이 열어 주는 분위기라면 더더욱 그렇다.

이 책에는 나의 20대 초반부터 40대 초반까지, 20여 년에 걸친 여행들이 담겨 있다. 파노라마처럼 20여 년의 여행을 펼쳐 놓고 보니 여행은 때마다 적절하게 그 당시 필요한 양분을 보충해 줬고 새로운 관점을 갖게 했다. 돌아보니 모든 여행이 선물이었다.

1장 여행에서 얻은 것들

첫 번째 이야기

첫 비행, 초심자의 행운

모든 것은 이유가 있다. 내가 영국행 첫 비행기를 끊은 것도 거기서 친구를 만난 것도 인도와 터키를 다녀온 것도 우연한 점들의 연속이었지만, 그 점들을 이어 보니 현재가 됐다. 그저 이뤄지는 인연과 우연은 없다는 내 삶의 지론은 여행을 통해 완성됐다.

내 첫 비행기는 꽤 먼 거리를 가는 영국행 비행기였다. 경유지를 포함해 거의 20시간이 걸렸던 듯하다. 하지만 이런 건 문제도 아니었다.

'〈사하라 사막〉을 만든 마이클 폴린을 만나리라. 영국 BBC에서 아르바이트라도 하며 방송 일을 배우자!'

누가 봐도 무모한 도전이었지만, 나는 왠지 가기만 하면 원하는 것들이 이뤄질 것 같았다. 이것저것 잴 것도 없었다.

그렇게 20대 초반, PD를 꿈꾸며 다큐멘터리를 만들겠다는 일념으로 카메라 하나 들고 준비 없이 영국으로 건너갔다. 영국 땅에 닿은 지 며칠 되지 않아 런던 중심지 트라팔가 스퀘어에서 연말 행사가 열렸다. 12월 31일 광화문에서 열리는 타종 행사 때처럼 삼삼오오 몰려드는 수많은 인파로 앞이 보이지 않을 정도였다. 나는 사람들을 헤치며 '영국 체험하기' 첫 시도를 했다. 여기저기서 들려오는 날것 그대로의 외국어를 음악처럼 즐기며 타국에 왔다는 기분을 만끽하고 있었다.

그런데 문득 행사가 끝날 때가 되면 붐벼서 집에 못가겠다는 생각이 들었다. 조금 일찍 빠져나와 택시를 잡으러 갔다. 그리고 지갑을 찾는 순간, 현기증이 났다. '아뿔싸!' 마침 책상을 사려고 뽑아 둔 나름 거금이 담긴 지갑이 송두리째 사라진 것이다.

심장이 빠르게 뛰고 주위 소음이 들리지 않았다. 목이 멨고 불빛은 눈물에 번져 뿌옇게 흐려졌다. '달랑 500만원 들고 영국에 왔는데 어쩌지?' 앞으로의 일들이 걱정으로 다가왔다. '학비는?' '집세는?' '몇 달이나 버틸 수 있지?' 수많은 생각이 스쳐 지나갔다.

그때까지만 해도 내 영어 실력은 토익 600점과 생활 영어가 전부였다. 나는 바로 다음 날부터 아르바이트를 구하러 다녔다. 지갑을 분실하지 않았다면 그렇게 조급하게 굴지 않았을 텐데 말이다.

"Do you have a vacancy?(아르바이트 자리가 있나요?)"

구인 메시지가 붙어 있건 없건, 가게란 가게는 다 문을 두드리며 아르바이트생을 구하는지 물어봤다. 그렇게 일주일을 돌아다닌 끝에 샌드위치와 피자를 파는 가게 일자리를 얻을 수 있었다. 학생 비자는 일하는 데 시간 제한이 있어 주말에만 근무하기로 했다. 모든 게 결정되고 사장과 악수를 하니 그제야 안도의 한숨이 나왔다.

　'일단 영국에서 돈 없이 할 수 있는 것들을 다 해 보자.'

　나는 목표와 하고 싶은 것들을 적고 실천에 옮기기 시작했다. 우선 작은 텔레비전을 마련했다. 그러고는 영국 텔레비전 프로그램을 분석하는 데 골몰했다. PD가 되기 위한 나름의 준비였다. 그러다 보니 영국인들의 문화가 보이고 영어 발음이 들리기 시작했다. 점점 '살아있는 영어'에 대한 갈증이 커졌고, 각종 커뮤니티에 눈을 돌렸다. 경전을 공부하는 공부 모임에 가입했고, 중국인 심화 영어 스터디에도 참여했다.

　'초심자의 행운'은 이곳에서 기가 막힌 인연을 만나게 해 줬다. 〈2001 스페이스 오디세이〉 각본을 쓴 작가에게 영어를 배울 수 있는 기회가 생긴 것이다!

　'영화 각본 작가라니! 영국 커뮤니티도 아닌 중국 모임에 이런 분을 만나다니.'

　마이클 폴린 PD를 만나지 못하고 있다는 좌절감은 영국인 작가와의 대화를 통해 해소되기 시작했다.

"뭔가 거창한 것을 하지 않아도 괜찮아요. 영국에서의 시간, 공기, 사람들의 표정을 느껴 보세요."

하지만 나는 이토록 좋은 기회와 함께 카메라를 분실하는 시험에 들게 됐다. 일반적으로 사람들은 여기서 자신만의 신화를 만드는 길로 들어서느냐, 아니면 포기하느냐의 선택을 하게 된다. 나는 무엇을 택했던가.

비싼 카메라를 장만할 수 없었기에 다큐멘터리 제작 대신 눈과 가슴, 노트에 '기록 영화'를 담기로 했다. 일종의 타협이었다. 문화의 거리에서 아르바이트를 하며 다양한 사람들을 만나고 언어를 배우고 예술과 일상을 즐겼다. 시간이 지나니 점점 다양한 사람을 알게 됐다. 영화관에서 일하는 친구 덕에 영화를 무료로 감상하고, 〈해리 포터〉첫 시사회에서 배우들을 보는 행운을 얻기도 했다. 트라팔가 스퀘어 피자헛에서 아르바이트할 때는 매일같이 받아 오는 피자를 셰어 하우스 친구들과 나눠 먹었다. 심지어 영국 최고의 부촌에 위치한 뷰티 숍에서는 브루나이 왕비를 만나기도 했다.

그렇게 조금씩 모아진 경비로 틈틈이 영국을 돌아다녔다. 영국 생활 후반기에 얻게 된 새로운 아르바이트는 이전보다 급여가 더 높았다. 여기에 집기들을 팔아 마련한 비용을 보태 프랑스를 기점으로 3개월간의 유럽 여행을 시작했다. 프랑스 파리에선 '물랭루즈'에서 댄서로 일하는 친구 집에 일주간 머물며 그 친구의 삶을 얻기도 했다.

러시아에서 무용을 전공했던 그 친구는 뮤지컬 배우를 꿈꾸고 있었다. 영국에서 배우의 기회를 마련하지 못해 프랑스에 와 물랭루즈에서 춤을 추고 있다며 아쉬움을 표현했다. 빨래 건조대에서 티 팬티를 들어 보이며 "공연 보러 오라고 말을 못하겠어. 나 이런 거 입고 춤춰"라고 말하는 친구의 눈동자에서 슬픔과 꿈꾸는 청춘의 빛남을 동시에 볼 수 있었다.

9시간 동안 90도 각도의 등받이가 있는 버스를 타고 도착한 프라하에서는 여행 왔다가 너무 좋아서 아예 정착했다는 한국인, 연인을 만나러 왔다는 프랑스 사진 작가, 아이를 낳고 첫 가족 여행을 왔다는 젊은 부부를 만났다. 그들을 보며 '나는 언제 다시 이곳에 올 수 있을까' 하는 생각이 들었다. 그렇게 시작된 영국과 유럽에서의 시간은 이후 10여 년의 세월 동안 1,000일이 넘는 여행으로 이어졌다.

인생은 관점을 바꾸면 더 재미난 삶이 주어질 수 있다는 것을 알게 된 시기였다. 일상을 살 땐 보이지 않던 것들이 어디론가 공간을 옮기고 나면 새롭게 나타나는 경험을 한다. 그로부터 10년 뒤, 프라하를 다시 찾았다. 10년 전 여행하며 만났던 그 사람들은 없었지만, 새로운 인연을 만나고 낯선 장소에 가고 색다른 경험을 했다. 역시 감동하고 사랑하고 전율했다. 또한 치유됐다.

나의 첫 여행은 '꿈을 찾아서'였다. 그런데 돈과 마음을 잃고 고난과 화의 연속이었다. 하지만 여행이 끝날 즈음 꿈은 더 단단하고 새롭게 장착됐고, 마음은 여유와 감사로 가득 찼다. 아픈지도 몰랐던 자잘하고 많은 상처들이 '치유'돼 있었다. 딱지가 생기고 새살이 돋는 것이 보였다.

그 이후로 나는 꾸준히 여행을 떠났다. 삶이 고단할 때, 새로운 아이디어가 필요할 때, 쉬고 싶을 때, 놀고 싶을 때, 만나고 싶을 때. 늘 새로운 인연을 만나고 통찰을 얻고 생각지도 못했던 선물을 한 아름씩 안고 돌아왔다. 그래서 감사하다. 여행을 할 수 있어서, 여행을 할 수 있는 용기가 있어서.

이제 당신 차례다. '선택할 자유를 선택할 시간'이다. 당신에게도 초심자의 행운이 반짝이는 기회를 줄 것이다. 그 기회가 무엇일지 기대된다.

영국: 해리 포터의 마법 학교가 있는 곳

'해리 포터' 팬은 아니었다. 책을 들춰본 적도 없었다. 그저 영국 작가 조앤 롤링의 베스트셀러 정도로만 알고 있었다. 영국에 도착해 만나는 사람들마다 대화가 끝나기 전, 꼭 '영화 〈해리 포터〉 봤냐?'는 질문을 했다. 그제서야 불과 보름 전에 〈해리 포터〉의 첫 시사회가 레스터 스퀘어 오데온 극장에서 열렸고, 온 신문과 방송에서 '해리 포터' 이야기가 연일 오르내리고 있다는 것을 알게 됐다. 그로부터 딱 1년 뒤, 영국 레스터 스퀘어에는 비가 추적추적 내리는 가운데 마법사 고깔, 검정 망토 등으로 치장한 사람들이 가득했다. 일부는 오데온 극장 앞까지 길게 줄을 섰고, 다른 사람들은 삼삼오오 무리를 지어 웅성대고 있었다.

〈해리 포터〉 시리즈 두 번째 영화 〈해리 포터와 비밀의 방〉 시사회가 열리는 날이었다. 나는 레스터 스퀘어 앞 피자헛에서 아르바이트를 하고 나오면서 마주한 행운을 즐겼다. 〈해리 포터〉속 주인공들이 속속 도착하자 오데온 극장 앞을 가득 메운 관중들이 환호하기 시작했다. 반짝반짝 빛나는 아역 배우들의 모습을 접하며 '역사적인 순간에 함께 하고 있다'는 생각에 살짝 흥분되기도 했다. 이날 이후 역시 꽤나 오랫동안 신문과 방송, 잡지는 '해리 포터' 이야기로 도배가 됐다.

〈해리 포터〉에 등장하는 마법 학교 호그와트로 가는 급행 열차는 런던 킹스크로스역 9와 4분의 3 승강장에서 출발한다. 다른 지역으로 움직이기 위해 자주 드나들었던 킹스크로스역은 어느새 그냥 역이 아니라 '마법 학교 호그와트'와 연계되기 시작했다. 9와 4분의 3 승강장을 한 번 더 눈여겨보게 되고, 보는 사람이 없을 때는 손으로 벽을 더듬곤 했다. 시간이 흘러 명물이 된 승강장에 사진을 찍으려는 사람들이 줄지어 있는 영상을 보았을 때는 사진 한 장 남기지 않은 것이 아쉬웠다.

물론 사진을 찍었다고 한들 빗자루를 타고 날아다니고, 마법 지팡이와 주문을 통해 신기한 일들이 벌어지는 것은 아니지만 말이다. 사실 당연한 일이다. 영국에 왔다고 갑작스레 마법 같은 일이 일어날리는 없다. 다만 한국에 있을 땐 경험할 수 없었던 다소 생소하지만 재미난 일들이 하나둘 벌어지기 시작했다.

'팔라펠(falafel)', 지금까지 20여 년 동안 좋아하고 있는 병아리콩 튀김이다. 영국에 도착하고 일주일 뒤 구한 아르바이트 자리는 '팔라펠'이라는 중동식 샌드위치를 파는 곳이었다. "팔라펠, 2파운드!"를 외치며 중동식 샌드위치를 관광객과 상인 들에게 알렸다. 바삭한 병아리콩 튀김 볼과 참깨 소스 다하니, 야채가 듬뿍 들어간 중동의 샌드위치 팔라펠에서는 지금까지 맛본 적 없는 고소하면서도 바삭한 풍미가 느껴졌다.

 아르바이트의 특권은 갓 튀긴 볼을 제일 먼저 맛볼 수 있다는 것이다. 파는 사람이 맛있어하니, 호객하는 것은 식은 죽 먹기다. 제일 맛있는 시간인 갓 튀긴 볼이 나올 때 호기심과 먹고 싶어 하는 마음으로 흘깃 바라보는 행인들에게 한 개씩 주면 대부분 참지 못하고 샌드위치를 사갔다. 간간히 혼자 여행하는 한국인 관광객이 지나갈 땐 몰래 샌드위치를 만들어 건네 주기도 했다.

 6개월이 넘게 이곳에서 주말마다 아르바이트를 하며 전 세계의 다양한 악센트를 지닌 사람들을 만나다 보니 주문하는 말투만 들어도 어느 나라에서 왔는지가 대략 감이 왔다.

 "너 프랑스에서 왔구나? 얼마나 여행 중이니?"

 "넌 그리스 사람인 것 같은데, 여행 온 거니?"

 이렇게 대화를 하다 보니 생각지도 못한 영어 실력이 늘었다. 샌드위치가 매우 잘 팔리는 건 덤이었고 말이다. 가게 주인 바바살림은

팔라펠을 잘 파는 한국 여학생에게 가게 일이 끝날 때면 '다른 사람에게 이야기하지 말라'며 20파운드씩 주급에 더 얹어 주곤 했다. 영어 실력도 늘고 돈도 더 버는 재미난 경험이었다. 나의 세일즈 능력을 깨닫게 된 계기이기도 했다. 한국에 돌아와 판매 아르바이트를 할 때마다 돈을 더 받았던 게 우연은 아닐 거다.

이곳에서의 1년, 내 삶 속에 영국 문화와 사람들이 비집고 들어왔다. 캠던 타운은 세상의 온갖 색을 다 뿌려 놓은 듯 활기가 가득한 곳이었다. 아르바이트가 끝나면 보통은 숙소로 부리나케 돌아갔지만, 때때론 주변 가게에서 일하는 친구들의 놀다 가라는 손짓에 이야기꽃을 피우기도 했다.

집에 갈 때마다 싸 갖고 가는 가게 음식을 종종 나눠 줘서였을까. 한국에 돌아가면 언제 해 보겠냐며 10만 원이 족히 넘는 드레드락을 공짜로 해 주겠다는 친구부터, 배꼽 피어싱을 예쁘게 해 주겠다는 친구, 맥주 한잔하고 가라던 클럽에서 춤추는 댄서 친구까지. 영국인이면 노랗거나 빨간빛이 도는 머리에 주근깨 얼굴을 한 사람들이 대부분인 줄 알았는데, 정말 다양한 머리색과 눈동자를 가졌다는 것도 알게 됐다.

매일 《해리 포터》를 반복해서 읽고, 일주일에 한 번은 대형 마트 '세인즈버리' 치즈 코너를 돌며 새로운 치즈를 맛보았다. 영국인 작가와 매주 영국 문화에 대해 이야기를 나눴고, 집주인 할아버지와 종종 한국 문화와 국제 정세에 대한 의견을 주고받았다. 영국에 살거나 여행을 다니는 각국 사람들을 만났고, 다양한 삶의 방식을 지닌 그들로부터 새로운 이야기와 사고 방식을 얻었다.

마법사들은 삶 여기저기에 존재한다. 영국에 와서 해리 포터와 같이 지팡이를 휘두르는 마법사를 만나진 못했지만, 이곳은 곳곳에서 드러나지 않는 마법들이 피어올랐다. 그 결말은 예상할 수 없었지만, 그럼에도 언제나 '해피 엔딩'이다.

인도: 내 안의 성자를 찾아서

수필집 한 권을 들고 인도로 향했다. 지도가 나와 있는 것도 상세한 여행서도 아닌, 인도를 사랑한 작가가 자신의 감성을 고스란히 옮긴 책이었다. 출발하기도 전에 감성이 충만해졌다. 인도에 가면 '성자'를 만나 그 제자 끄트머리쯤은 돼 올 수 있을 듯했다.

인도 공항에 도착하면서부터 긴장했다. 이미 여기저기서 주워들은 대로 사기를 당하지 않기 위해 정신 차려야겠다고 생각했다. 새벽 2시가 넘어선 시각, 현지인들은 다 나가고 덜렁 남은 여행객들은 웅성거리며 동이 틀 때까지 공항에서 시간을 보낼 사람들과 오토바이를 개조한 오토 릭샤를 이용해 목적지로 나갈 사람들로 나뉘었다.

마침 시내로 움직일 한국 학생 두 명을 만나 함께 오토 릭샤를 탔다. 한국에서 미리 예약한 숙소가 있었기에 운전사에게 몇 번이나 숙

소를 확인하고 출발했다. 그런데 운전사가 중간쯤 가다가 멈추더니, 아까와는 달리 이렇게 말하는 것이다.

"네가 예약한 숙소는 지금 문을 닫아서 못 가."

이게 무슨 소리인가 싶어 숙소로 전화를 부탁했다. '뚜뚜뚜' 하는 신호음만 간다. 난감했다.

"그 숙소 말고 다른 데 소개해 줄게."

별다른 수가 없어 운전사 추천대로 다른 숙소로 이동했다. 도착하니 새벽 3시가 넘었는데, 체크 아웃이 오전 10시라는 설명과 함께 보여 준 방은 시멘트 바닥에 덜컹거리는 매트리스 침대 두 개가 놓여 있었다. 방 안에 있는 화장실은 문이 닫히지도 않았다. 냄새가 그대로 방으로 올라왔고, 설상가상으로 변기는 도저히 쓰고 싶지 않을 만큼 지저분한 상태였다. 도마뱀 한 마리가 화장실 문을 열자 기겁을 하며 후다닥 어디론가 사라졌다. 가격도 예약한 곳의 세 배. 이 깜깜한 밤에 아는 곳도 없으니 울며 겨자 먹기로 알았다고 했다.

다음 날, 원래 내가 예약한 숙소에 가서 이 이야기를 하자 숙소 주인이 아무렇지 않게 말했다.

"이곳은 24시간 내내 열려 있어. 그리고 어제 전화도 오지 않았어. 너 사기 당한거야. 그래도 그나마 다행이네. 어떤 여행객은 음료수에 수면제가 타져 있는 줄 모르고 마셨다가 모든 귀중품을 다 잃고 우리 숙소에 온 적도 있어."

인도의 첫날은 감성 충만한 환상의 세계가 와장창 깨지는 순간이었다. 그래, 더 큰일이 나지 않은 게 천만다행이었다. 첫날의 경험은 내가 좀 더 뻔뻔하고 꼼꼼한 여행자가 될 수 있도록 해 줬다.

물론 이후에도 지폐를 주자 거스름돈이 없다며 한 시간 넘게 기다리게 한 역의 역무원부터 뱃값을 미리 받아 챙겨 기어이 두 배의 가격을 받아낸 강가의 호객꾼까지, '귀여운' 사기들은 줄을 이었다.

어디 사기뿐인가. 인도에서의 생활은 정말 생각지도 못한 일들의 연속이었다. 하루는 기차역에서 생수를 사서 마시고는 잠시 왼쪽 바닥에 놓고 짐을 찾고 있었다. 그런데 지나가던 허름한 행색의 노인이 옆에 앉더니 내 물을 아무렇지 않게 마셨다. 나는 당황한 채 말했다.

"그거 제 물인데요?"

그러자 노인은 정말 이상한 질문이라는 표정으로 날 보며 이렇게 말하는 게 아닌가.

"이게 네 물인지 어떻게 알아?"

노인의 말에 나는 허탈한 마음이 들었다.

'그렇지. 내가 돈 주고 샀지만, 이게 어떻게 내 물인가.'

이런 생각을 하며 노인을 잠시 바라보았다. 노인은 부스스한 회색 머리에 흰색 수염이 반 이상 듬성듬성 난 회색빛이 도는 얼굴을 가지고 있었다. 흰색과 분홍이 섞인 가루나 물감 같은 걸로 점 무늬를 그려 놓은 이마에는 깊은 주름이 패어 있었다. 그러는 동안 노인이 물을 한 번 더 벌컥벌컥 마시고는 선심 쓰듯 내게 건넸다. 받아먹기도 우스워 손사래를 쳤다.

찝찝해서라기보다 '이게 네 건지 어떻게 알아'라는 질문이 계속 신경 쓰였다. 일상에서 '내 것'이라고 우기는 것들이 '진짜 내 것'인가? 질문은 꼬리에 꼬리를 물었다. 참 이상했다. 이렇게 가끔은 생각지도 못했던 길에서의 만남 속에서 근본적인 질문을 받기도 한다.

한번은 인도인들의 휴양지 다람살라에서 알게 된 라젠드라의 델리 집에서 라젠드라 가족과 저녁을 먹게 됐다. 그런데 그 옆에 아무 말 없이 도와주는 어린 소녀가 있었다. 아무리 많아 봤자 12살 정도로 보였다.

"저 친구는 누구야?"

내 질문에 라젠드라의 여동생이 답했다.

"우리 집 노예야."

노예라니, 충격적이었다. 물론 영어 단어가 능숙치 못해 노예라는 단어를 썼을 수도 있지만, 그럼에도 저렇게 어린아이에게 일을 시킨다는 것이 당혹스러웠다. 저녁 식사를 마치고 라젠드라 가족의 자고 가라는 호의를 뒤로한 채 나는 숙소로 향했다. 라젠드라 가족은 숙소까지 나를 태워다 주겠다고 했다. 나는 차를 타고 가며 지나가는 말로 인도식 프라이팬 '따바'를 사고 싶다고 말했다.

그러자 생각지도 못한 답이 돌아왔다.

"진짜 따바는 불가촉천민들이 만들고 있으니, 그들이 사는 곳에 가서 사야 해."

그러고는 곧바로 불가촉천민들이 사는 곳으로 운전을 해 갔다. 도착한 곳에는 작은 캠핑용 텐트 같은 천막들이 쳐져 있었는데, 차가 지나가며 속도를 낮추니 천막 안에서 검정 천을 머리에 뒤집어쓴 아주머니가 나왔다. 나는 차에서 내려 자세히 살펴보고 싶었다. 하지만 라젠드라의 어머니는 위험해서 안 된다며 차 창문만 빼꼼 내릴 뿐이었다. 그러고는 아주머니가 가지고 온 따바를 이리저리 살펴보더니 고개를 끄덕이고 돈을 내줬다.

나는 라젠드라 가족 덕분에 제대로 된 따바 두 개를 좋은 가격에 구할 수 있었지만, 숙소로 돌아가는 내내 무언가 불편했다. '노예'라는 단어와 접촉해서는 안 되는 족속이라 해서 '불가촉천민'으로 치부된 사람들을 차창 너머로 바라봤던 시간이 묘하게 느껴졌다.

몇 년이 흘러 불가촉천민의 삶에 대한 책을 읽으며 이때 만났던 이들이 생각났다.

'아직도 같은 삶을 살고 있을까. 여전히 무쇠를 두드려 프라이팬을 만들지만, 돈을 주고받을 때 더러운 취급을 받고 있겠지.'

그날 이후로 문외한이었던 계급 사회와 자본주의, 인권에 대해 관심을 갖게 된 건 여행을 통한 나의 변화 중 하나였다. 계급이 없는 사회에 살고 있지만, 한국에서 알게 모르게 계급을 정하는 건 자본이다. 자본이 부족하면 삶이 불편한 건 사실이다. 여행은 의도적 불편함을 겪는다. 그 불편함에 익숙해지다 보면 '사는 데 그다지 꼭 필요한 물건이 없다'는 것을 깨닫게 되고, '물건이 적을수록 정신적·육체적 가벼움'을 경험하게 된다.

길 위를 걷다 보면 짐, 즉 가진 것이 많은 사람이 전혀 부럽지 않다. 여행에서는 얼마나 많이 배웠고, 얼마나 좋은 학교를 나왔는지가 중요하지 않았다. 만나는 사람들과 10분만 이야기해 보면 대충 그 사람의 깊이와 삶의 연륜을 느낄 수 있다. 계급이나 신분은 의미가 없다. 물론 돈이 얼마나 있느냐는 다소 영향을 미칠 수 있을지도 모르겠다. 먹고 자는 수준을 선택할 수 있는 폭이 넓어지니까. 하지만 결국 큰 차이가 없음을 알게 된다.

한국에 돌아오고 각종 언론 매체에 등장하는 부귀와 빈곤, 돈의 유무에 따라 갈리는 차별을 경험하거나 듣게 되면 또다시 '일상의 다람쥐 쳇바퀴'에 들어가고 있음이 느껴진다. 물론 나는 돈이 좋다. 하고 싶은 것을 스스럼없이 할 수 있는 자유를 주니까. 찰리 채플린은 영화 〈라임라이트〉에서 이렇게 말했다.

'인생은 두려워하지만 않는다면 정말 멋진 것이다. 그러기 위해선 용기와 약간의 상상력, 그리고 구질구질하지 않을 만큼의 돈만 있으면 된다.'

여기에 나는 이 말을 덧붙이고 싶다.

'인생은 차별에 대한 두려움을 극복한다면 정말 멋진 것이다.'

그 차별에 대한 두려움은 비교와 평가로 점철된다. 내가 괜찮으면 된다. 내 스스로를 사랑과 인정으로 채워 나가면 차별에 대한 두려움은 아무것도 아니게 된다. 이는 1,000일이 넘는 시간 동안 한국과 타국을 넘나들며 삶에 통달한 듯한 사람, 삶에 찌든 사람, 또다른 시각을 지닌 사람 들 등을 만나고 때론 인터뷰를 통해 깊이 있는 질문을 주고받으며 자연스럽게 알게 된 결과다.

딱히 '성자를 만나고 싶어서'는 아니었지만 인도에서 성스러움에 대한 경험을 기대했던 것이 사실이다. 간혹 성자라고 추앙받는 사람을 만나기도, 그 무리에 있어 보기도 했지만 가장 성스러움을 경험한 것은 길에서 만난 사람들 덕분이었다. 'Are you OK(너 괜찮니)?'라는 말과 함께 관심과 사랑을 주고받았던 사람들 말이다. 나는 성자 끄트머리에도 가지 못했지만, 지금까지의 삶을 돌아보고 앞으로의 삶을 살아가는 데 이 여행이 새로운 힘을 줬다.

　　숱한 사기를 당했지만 그 사기를 대하는 태도를 선택하는 여유를 가질 수 있었고, 자본주의 사회에서 당당하게 내 깜냥대로 사는 법을 터득할 수 있었다. 더 큰 수확은 매일같이 나를 들여다보는 질문을 하나씩은 얻게 됐다는 것이다. 오늘도 이 여행에서 얻은 여러 질문 가운데 하나를 나에게 던져 본다.

　　"Are you happy now(지금 행복하니)?"

라오스: 티 없이 맑은 눈망울, 순수의 고장

버스를 타고 이동하던 길, 어른 주먹 두 개 크기만 한 검정 돼지 대여섯 마리가 길을 가로막고 있었다. 버스 경적 소리에 화들짝 놀란 새끼 돼지들은 종종걸음으로 엄마가 있는 쪽을 향해 움직였다. 마치 병아리 떼를 보는 듯했다. 이렇게 작은 돼지가 있다니! 둘러보니 어미 돼지도 그리 크지 않았다. 손끝에서 팔꿈치 정도의 크기나 되려나.

그 뒤, 어느 지역을 가던 아담한 어미 돼지와 그보다 한참 작은 검정 돼지들이 빨빨거리며 돌아다니는 풍경을 자주 접할 수 있었다. 특히나 돼지의 검정 눈은 까만 몸에 가려져 보이지 않는 것 같아도, 반짝이는 눈빛만큼은 결코 털색에 가려지지 않을 만큼 생동감 넘치고 빛났다.

라오스 길 위에서 만난 사람들도 그랬다. 어른 아이 할 것 없이 빛나는 눈으로, 호기심 가득한 눈빛으로 여행객을 관찰했다. 어떨 때는 스스럼없이 질문을 하기도 했다. 버스가 지나가든 말든, 살고 있는 생활 반경에서 부지런히 지금을 살아가는 돼지의 눈은 라오스인들의 눈빛과 오버랩됐다.

라오스에는 단단한 흙길이 많았다. 흙길임에도 인도처럼 먼지가 풀풀 날리거나 질척거리지 않았는데, 아마도 듬성듬성 자리한 풀들 덕분이지 않나 싶다. 라오스는 관광객의 발길이 쉽게 닿지 않는 곳이든 현지인 반 여행객 반으로 바글거리는 관광지든 지금까지 여행 다닌 나라들 중에 가장 순수하고 바가지가 거의 없는 곳이었다.

1년 이상의 세계 여행자들을 대상으로 어느 곳이 제일 좋았냐, 추천할 만한 곳이 어디냐는 질문을 하면 열에 아홉은 이란과 라오스를 꼽았다. 아쉽게도 라오스 여행을 가기로 한 즈음 한 예능 프로그램에서 라오스를 소개하는 '큰일'이 벌어졌다. 그래서 10년 전부터 꿈꿔왔던 라오스 여행은 좀 더 관광객의 손을 탈 수밖에 없었다. 그럼에도 라오스는 태국과 같은 휴양지와 비교할 수 없을 만큼 아직 순수했다.

라오스의 방비엥은 강과 산이 겹겹이 어우러져 있다. 이곳의 짚라인과 한적하게 물놀이할 수 있는 곳, 작은 보트나 카약, 튜브를 타고 물살을 따라 유유히 주위를 둘러볼 수 있는 코스 등은 청춘들을 불러

모았다.

튜브를 따라 내려가다 보면 곳곳에 자리한 노천 술집이 보인다. 좁은 물길 위에는 노천 술집까지 이어진 노끈이 빨랫줄처럼 늘어져 있어서 지나가다 가고 싶은 술집이 있으면 끈을 잡고 이동하면 됐다. 듬성듬성 나무판자로 만들어진 술집에는 맥주들을 팔고, 야외에는 야트막하게 물놀이를 하거나 춤을 출 수 있는 무대가 놓여 있었다.

이런 놀이도 좋지만, 하루 이틀쯤은 자전거를 빌려 산책하거나 가볍게 동네를 둘러보고 싶었다. 관광지를 벗어나 좁다란 골목들을 지나다 보니 노랫소리와 함께 천막이 보였다. 작은 축제가 열린 모양이었다. 자전거를 마을 입구에 세우고 여행자의 호기심으로 마을 안쪽으로 들어갔다. 스피커에서는 노래가 나오고 허리 높이의 테이블들에는 음식들이 줄지어 있었다. 낯선 이가 들어오자 잠시 작은 웅성거림이 일었지만, 축제는 계속됐다. 그때 호기심 많고 용기 있는 한 남자가 어쩐 일이냐고 말을 걸었다.

"노랫소리가 나오길래 궁금해서 들렸어. 무슨 행사야?"

내가 답하자 남자가 말했다.

"아, 환영해. 마을 사람의 결혼식 중이야."

그는 결혼식이라며 '환영한다'는 말을 두 번이나 반복했다. 머리를 위로 말아 올린 중년 여성이 사람 좋은 웃음과 함께 투명한 액체가 담긴 작은 유리잔을 건네며 마시는 시늉을 했다. 국화차처럼 연노란 액체는 진한 알코올 향기를 내뿜었다. 호의를 받아들여 한 모금 마시자 한국 소주보다 독한 알코올 도수가 느껴졌다. 진한 화장에 화려한 라오스 전통 옷을 입은 신부와 눈이 마주쳐 축하의 눈빛과 웃음을 보냈다. 신부 역시 누구인지도 모를 여행객에게 눈인사를 건넸다. 영어 한두 마디가 전부인 마을 사람들과 초대받지 않은 결혼식 하객은 눈빛과 손짓으로 이야기를 나누며 취기도 주고받았다.

20여 분 정도 마치 동네 축제에 잠시 들른 사람마냥 사람들이 주는 술과 안주를 덥석덥석 받아먹다 일어섰다. 더 앉아 있다가는 자전거를 타고 돌아가는 길이 위아래로 흔들릴지도 모를 것 같았다. 흥에 취한 사람들과 더불어 주거니 받거니 했더니 덩달아 흥이 났다. 음정 박자 무시한 노래를 부르며 숙소로 돌아가는 길, 흙길에 자전거가 덜거덩거렸지만 그마저도 아무렇지 않게 느껴졌다. 숙소 입구 앞 작은 슈퍼집 아기가 뚫린 창으로 고개를 내밀고 있었다. 몇 번 본 낯익은 얼굴에 손을 흔들었다. 눈부신 오후 햇살과 아이의 인사, 길섶의 풀들이 취기에 아른거렸다.

관광지가 으레 그렇듯 상업화돼 본디의 순수함을 잃어버리면 어쩌나 하는 마음으로 루앙프라방에 도착했다. 10년 전 여행하며 만난 미국 친구가 전했던 루앙프라방은 어떻게 이런 곳이 있나 싶을 정도로 종교와 삶이 밀착돼 있는 경건하고 아름다운 곳이라고 했다. 오랜 시간 라오스를 그리다 마침내 도착한 루앙프라방은 숱하게 돌아다

닌 관광지의 닳고 닳은 곳과는 달랐다.

　며칠 머물며 새벽마다 승려들의 탁발 수행을 구경했다. 몇몇의 관광객을 제외하고 음식을 공양하는 이들은 머리가 하얗게 센 할머니를 비롯한 현지 사람들이었다. 매일같이 자신의 양식을 나누는 사람들, 주는 대로 받고 감사하게 먹는 승려들의 일상이 하루도 빠짐없이 이어지는 곳이었다. 수행자의 자만과 아집을 버리고, 끼니를 남의 자비에 의존하는 탁발. 어린아이부터 연세 지긋한 승려까지, 그들이 긴 줄을 말 한마디 없이 따라가는 모습을 보는 것만으로도 경건해지는 기분이었다.

  개인적으로 사람들의 얼굴 표정을 클로즈업해 사진 찍는 것을 즐긴다. 각각의 얼굴에는 그들의 삶과 에너지가 고스란히 녹아 있기 때문이다. 유달리 라오스 여행 사진에는 정면으로 찍은 환하게 웃는 얼굴이 많다. 자글자글한 주름이 가득한 얼굴로 환하게 웃는 이 빠진 노인, 수줍게 입을 반쯤 오므리고 웃는 초등학교 1학년 학생, 호기심 어린 눈으로 쪼그리고 앉아 물끄러미 바라보며 미소 짓는 서너 살쯤 된 아이. 보고만 있어도 가슴 두근거리게 하는 사진 속 맑은 눈망울들이 '여기가 라오스였지' 하는 추억을 떠올리게 한다.

인도: 히말라야 끝자락 비르, 예측 불허의 또 다른 세상

　늘어지는 빨간색 비단옷을 입고 황금 코걸이 장식을 한 여인이 새까만 눈동자와 눈썹을 치켜올리며 춤을 추고 있는 그림. 정확히 기억나지 않지만 초등학교 저학년 때쯤 본 것 같다. 어디서 봤는지도 까마득한 이 그림 한 장이 어린 내게 꽤나 인상 깊었던 모양이다. 여행을 꿈꾸기도 전부터 인도는 '신비한 나라' '한번은 꼭 가야할 나라'로 이때부터 마음 한편에 자리 잡고 있었으니 말이다. 인도는 내 오랜 꿈이었다. 늦깎이 학생이 되기 위해 회사를 그만두고 몇 달간의 짬이 생겼다. 그 꿈 같은 시간, 나는 3개월 오픈 티켓을 끊고 인도로 향했다.

　시작은 묘한 매력의 인도 여인이었지만, 정작 여행지를 선택한 이유는 패러글라이딩 때문이었다. 인도를 여행하고 돌아온 지인이 우연치 않게 접한 패러글라이딩이 너무 멋졌다며 소개해 준 것이 계기였다. 인도 북쪽에 치우쳐 있는 비르는 히말라야 끝자락답게 길이 굽이굽이 위로 향해 있었다. 언제 도착할까 싶을 정도로 낡은 시골 버스를 타고 비르를 향해 하염없이 달렸다. 그렇게 굴곡진 마른 흙길을 몇 시간 동안 달리다 보니 피곤이 몰려왔다. 다리가 묶인 채 짐짝처럼 실린 반대편 좌석의 닭이 끊임없이 소리를 치고 푸드득거리며 펴지지도 않는 날갯짓을 했다. 튜브 베개를 목에 끼고 커다란 가방을 다리 사리에 넣은 채 몇 시간이나 잤을까, 덜컹대는 버스 창문에 머리를 세게 부딪치고 나서야 눈을 떴다.

마침내 버스가 멈췄다. 커다란 문 모양의 사원 입구가 보이고 겨우 알아본 정류장 푯말이 이곳이 비르임을 알렸다. 내게 패러글라이딩을 가르쳐 주기로 한 선생인 구프릿이 마중 나와 있었다. 짧게 자른 머리에 옷으로도 가려지지 않을 만큼 팔 근육이 우락부락한 구프릿은 선글라스를 끼고 팔짱을 낀 채 나를 맞이했다. 13시간이 넘게 걸려 도착한 이국땅에 나를 맞이하는 사람이 있다는 것은 경험해 본 사람만이 안다. 구프릿을 부둥켜안고 춤추고 싶을 정도였다. 분명 내가 메고 간 배낭은 엉덩이부터 머리를 넘어서는 크기의 배낭이었는데, 키가 큰 구프릿의 등으로 옮겨 가니 자습서와 교과서를 우겨 넣은 고등학교 남학생의 다소 통통한 책가방처럼 보였다.

2주 동안 묵을 숙소는 입구에 들어서기도 전부터 감탄이 절로 나

왔다. 민박 같은 개념의 별채였는데, 창문 뒤로 아담한 녹차밭이 펼쳐져 있었다. 10명은 족히 자고도 남을 커다란 방은 한 면의 대부분을 차지하는 창문 덕분에 진초록 녹차밭과 파란 하늘이 정확히 반반씩 보였다. 구프릿이 짐을 놓고 내일 보자며 손을 흔들고 나갔다. 침대에 누워 새소리가 들리는 창밖을 바라보았다. 천국이 따로 없었다.

날이 너무 좋았기에 일단 짐은 내팽개치고 숙소 근처를 돌아다니기로 했다. 사원을 끼고 조금 걸어 내려가자 넓게 굽어져 내려다보이는 계단식 논과 풀밭이 병풍처럼 산에 둘러싸여 장관을 이루고 있었다. 풀밭 여기저기에는 승복을 입은 스님들이 앉아 담소를 나누고 있고 소들은 풀을 뜯으며 한가로이 꼬리를 흔들고 있었다. 무언가 이 세상 같지 않은, 비현실적인 풍경이었다. 마치 숲속에서 우연히 발견한 동굴을 걸어가다 보니 신선들이 사는 마을이 나타났다는 식의 전래 동화가 연상될 정도였다.

다음 날부터 평화로운 풍경을 배경 삼아 아침마다 패러글라이딩 배우기에 돌입했다. 구프릿과 구프릿의 조수는 오롯이 동양에서 온 수강생 한 명을 위해 패러글라이더를 펼치고 함께 뛰어다녔다. 산책을 했던 계단식 풀밭이 저 아래로 내려다 보였고, 사람들과 소가 점으로 보였다. 시야를 둘러보니 그 주위의 계곡, 굽이굽이 펼쳐진 산과 마을, 알록달록한 버스, 손톱보다 작게 보이는 집들의 지붕이 눈에 들어왔다. 고개를 들어 앞을 보니 구름과 푸른 하늘이 그대로 펼쳐져 있었다. 이마를 스치는 바람과 평온하게 떠 있는 패러글라이더, 이 맛에 사람들이 패러글라이딩을 배우는구나 싶었다.

그런데 남은 수강일을 일주일 남기고 비가 오기 시작했다. 잘 배워야 혼자서 패러글라이딩을 탈 수 있는데, 낭패였다.

"이렇게 된 거 근처 여행이나 하자!"

일주일 동안 함께하며 꽤 쿵짝이 잘 맞았던 우리는 여행 계획을 짜기 시작했다. 우선 구프릿의 차로 움직일 수 있는 근처의 산간 마을을 여행지로 점찍었다. 대중교통으로 여행할 때와는 다른 경험이었다. 편한 것은 둘째치고, 풍광이 좋은 곳은 원하는 대로 멈춰서 사진을 찍고 감상할 수 있었다. 구불구불한 산길을 헤치고 나가자 숨겨져 있던 마을이 모습을 드러냈다. 불과 1분 전만 해도 보이지 않던 마을이 산 저편에 우뚝 자리하고 있었다. 꽤나 큰 마을이었다. 게스트 하우스 뒷마당에는 닭이 뛰어놀고, 계단 옆에는 주인의 취향을 알 수 있는 허브와 꽃이 가득했다.

공용 거실에 앉아 담소를 나누던 게스트 하우스 사람들 틈에 끼여 여행과 삶에 대한 이야기들을 나누기 시작했다. 그때, 구프릿이 인도 전통 피리를 들고 나타났다.

"여행 갈 때 늘 가지고 다니는 악기야."

마치 우리나라의 전통 악기인 소금처럼 생겼는데, 좀 더 얇고 가는 소리가 나는 피리였다. 구프릿은 인도 음악을 연주했다. 촛불이 흔들릴 때마다 그림자가 함께 흔들리고 사람들의 목소리는 높았다 낮았다를 반복했다.

비록 계획대로 패러글라이딩을 다 배우지는 못했지만 예상치 못한 낙원으로의 여행을 할 수 있음에 감사했다. 여행을 하다 보면 흔하게 일어나는 일이 '계획하지 않은' 혹은 '예상하지 못한' 일이다. 100퍼센트 계획대로 진행된 여행은 거의 없었다. 물론 꼼꼼히 계획을 세운 적도 없지만 말이다. 그럼에도 이런 생각치 못한 변수는 오히려 여행에 더 큰 즐거움과 행운을 가져다주곤 한다.

여행도 이런데 하물며 인생은 어떻겠는가. 인생은 원하는 대로 쉽게 움직이지 않는다. 행복과 불행은 양면의 동전과 같이 늘 붙어 다닌다고 한다. 어떤 것을 '행운이다' '불행이다' 말하는 것조차 나의 해석일 때가 많다. 원치 않는 일이 일어났을 때 화를 내고 분노한다면 그런 일을 끌어당기는 셈이다.

기운은 같은 것을 끌어당기는 힘이 있다. 예상치 못한 일이 벌어졌을 때 '이 일로 무엇을 얻을 수 있을까?' '뭘 배울 수 있을까' '무엇이 가능할까'를 생각한다면 더 재미난 결과가 나타나는 것을 수없이 경험했다. 만일 비가 오는 것을 탓하며 좌절했다면 구프릿과의 재미진 여행은 꿈도 못 꿨을 것이고, 그 다음 여행지인 다람살라에서 달라이 라마를 뵙는 영광도 누리지 못했을 것이다.

인도: 명상을 시작하다

비르에서 멀지 않은 곳에 달라이 라마가 계시는 다람살라가 있었다. 마침 곧 달라이 라마가 오신다는 소식이 들렸다. 달라이 라마를 뵙고 오래도록 파킨슨병을 앓고 있는 엄마를 위해 기도해 달라고 부탁드리고 싶었다. 달라이 라마를 뵙고 나면 내 안에 있는 복잡한 것들이 한 방에 해결은 아니더라도 최소한 힌트는 얻을 수 있을 것 같았다. 한달음에 가방을 메고 다람살라로 이동했다. 역시 떠도는 소문은 정확하지 않았다. 아직 오시려면 3~4주는 더 있어야 한다고 했다.

다람살라에 대해서는 별달리 아는 것이 없어 근 한 달 동안 뭐 하고 지내야 할지 정보를 알아보러 다녔다. 그러던 중 다람살라에 유명한 명상 센터가 있다는 걸 알게 됐다. 명상에 관심이 있었던 터라 잘됐다 싶었다. 산 중턱에 자리한 명상 센터를 들려 대기자 명단에 이름을 넣고 내려왔다.

예약된 날에 옷가지와 침낭을 들고 산 중턱에 자리한 명상 센터를 향했다. 가장 먼저 핸드폰과 여권을 맡겨야 했다. 외부와의 단절이었다. 오롯이 나와의 소통만이 가능했다. 이곳은 열흘간 말을 하지 않는 묵언 수행을 한다. 명상을 하지 않을 때조차 타인에게 말을 걸거나 눈을 마주치지 말 것을 당부했다. 또 원숭이가 많으니 혼자 외진 곳을 다닐 때는 조심하고, 원숭이를 화나게 하는 행동은 삼갈 것을 당부했다.

일정은 명상이 주다. 매일 새벽 4시에 일어나 4시 30분부터 9시 30분까지 오전 명상을 한다. 식사, 잠자기, 산책하기를 제외하면 종일 명상을 한다고 보면 된다. 저녁에는 명상 전에 지혜의 말씀이 담긴 음성 파일을 듣는다.

숙소를 배정받아 짐을 풀었다. 딱 몸을 누이고 옷을 갈아입을 수 있을 정도의 좁은 공간이 주어졌다. 숙소 안의 공기는 축축했다. 숲 한가운데 자리 잡고 있어서인지 온 장소가 습기를 머금고 있었다. 잠자기 전 헤어드라이어로 한참 동안 침낭을 말리고 나서야 겨우 잠을 잘 수 있을 정도였다.

새벽 4시에 일어나야 한다는 긴장감 때문일까, 첫날은 새벽 4시가 채 되기 전에 기상을 했다. 4시가 되자 잔잔한 음악이 흘러나왔다. 어스름한 새벽, 한두 명씩 독방 문을 열고 머리를 빼꼼히 내밀며 나오기 시작했다. 시간이 남은 터라 명상 센터 안을 한 바퀴 돌았다. 이른 새벽이라 그런지, 어제 오후에는 그렇게나 많던 원숭이들이 단 한 마리도 보이지 않았다.

공지대로 시간에 맞춰 강당으로 들어서서 두터운 갈색 방석을 깔고 앉아 명상을 시작했다. 들숨과 날숨을 관찰하고 감각이 일어나고 사라지는 것을 알아차리는 시간이었다. 문제는 이내 잠이 쏟아진다는 것이다. 평소였으면 깊은 잠에 빠져 있을 시각, 컴컴한 조명이 비추는 공간에서 눈을 감고 앉아 있자니 머리가 핑핑 돌며 졸음이 몰려왔다. 혀를 잘근잘근 씹어 보고 주먹도 쥐어 보고 고개도 좌우로 흔들어 봤지만, 꾸벅꾸벅 떨어지는 고개를 주체할 수가 없었다.

'큰일 났다. 이렇게 괴로운 시간을 열흘 동안 보내야 한다니!'

내가 왜 명상을 선택했나 급격히 후회가 밀려오기 시작했다. 다른 사람들은 괜찮은 건지 궁금해 슬며시 눈을 떠 보니 꾸벅꾸벅 졸고 있는 사람이 한둘 보였다. 평화로운 표정으로 앉아 있는 수행자 수십 명 가운데 조는 몇 명. 내가 거기에 속해 있다는 것이 답답했다. 그 순간, 이곳에서조차 비교하며 판단하고 있는 스스로가 보이기 시작했다. 그래서 열흘 내내 졸더라도 마음을 내려놓고 있어 보자고 마음을 다잡았다.

수행 중에는 얇은 신발 아래로 전해지는 산책길, 이끼 냄새 가득한 아침 공기와 바람에 스치는 낙엽 냄새, 낯익지만 이름 모르는 꽃의 향기, 사각거리며 조심스럽게 걷는 수행자들의 발자국 소리 등 복잡하고 번거로운 일상에서 알아채지 못했던 감각들도 느낄 수 있었다.

　내가 했던 '위빠싸나 명상'은 내 몸의 감각을 관찰하고 생각을 바라보는 것에서부터 시작한다. 머리가 간지러우면 그냥 그 감각을 지켜본다. 그러면 어느 순간, 그 감각이 어디론가 사라져 있다. 다리가 아프다고 느껴지면 그곳을 마음으로 바라본다. 그러면 갑자기 다리 아픈 것이 어렸을 적 어떤 기억을 떠올리게 하고 머릿속 생각은 꼬리에 꼬리를 문다. 그러는 순간 또 생각에 빠졌구나 싶어 '아차!' 한다. 수도 없이 이런 생각이 떠올랐다 사라지고 떠올랐다 사라지며 다른 생각을 몰고 온다.

　하루는 저녁 법문을 듣는데 이런 이야기가 있었다. 선명한 컬러 텔레비전의 영상 같은 경험도 바라보고 또 바라보면 어느 순간 흑백으로 바뀌고 점점 옅어진다고. 그 경험 자체는 사라지지 않지만, 강렬하게 나를 지배했던 것들이 아무렇지 않게 되는 순간이 있다는 것이다. 그렇기에 힘든 경험이나 안 좋았던 일들이 떠오르더라도, 그것을 일부러 내쫓으려 하지 말고 있는 그대로 바라보라고 조언했다.

　사실 묵언 수행을 한다고 내 마음이 평화로워지는 것은 아니었다. 머릿속에 생각이 하나 들어오면 생각이 꼬리에 꼬리를 물고 줄줄이 들어와 머릿속을 어지럽혔다. 말을 하지는 않지만 마음에 평화가 없고, 번잡스럽게 내 안의 나와 끊임없이 이야기를 나눴다. 그러다 보면 자책이 이어졌다. 그런데 문득 그런 생각이 들었다.

'명상하러 왔는데, 이렇게 복잡하게 있다 가도 되는 건가?'

그래서 법문에서 들은 대로 오만가지 생각이 떠오를 때마다 자책하는 대신 그냥 바라보기 시작했다. 흥미로운 것은 정말 그렇게 하다 보니 생각이 점점 옅어지더라는 것이다. 아픔, 간지러움과 같은 몸의 느낌과 감각도 마찬가지였다. 콧잔등이 간지러워 손을 올리려다가 간지러운 곳을 계속 바라봤다. 신기하게도 간지러움이 사라졌다. 물론 다른 신체 부위로 그 간지러움이 옮겨갈 때도 있지만 말이다.

명상을 시작하며 매일 졸기만 할 것 같고 시간은 언제 가나 괴로울 것으로 예상했는데, 며칠이 지나니 명상이 덜 어려워졌다. 심지어 꽤나 오랫동안 이곳에서 머문 것 같이 모든 것이 익숙하게 느껴지기까지 했다. 자연스럽게 아침 기상은 노래에 맞춰 일어나게 되고 산책길의 발걸음 하나하나를 느끼며 여유를 누리기 시작했다. 원숭이는 더 이상 걸리적거리는 불편함이 아니었다. 그냥 거기에 있는 하나의 존재였다. 혼자 먹는 밥은 더욱더 천천히 음미할 수 있게 됐고, 물 한 모금이 목을 타고 내려가는 온도와 느낌을 알아차릴 수 있었다.

시간은 금세 흘러 어느덧 마지막 날이 됐다. 일정이 끝나고 마지막 식사 시간에는 모두 말을 할 수 있었다. 대화가 이렇게 어색하면서도 재미있었던 것인가 새삼스러웠다. 이야기를 나누다 보니 어느새 식사가 끝나 있었다. 그때 깨달았다.

'음식의 맛을 제대로 느끼지 못했구나!'

자책하지 않기로 했으므로 그 생각도 이내 내려놓았다. 간만에 대화를 하며 느낌을 나누는 것에 감사했다. 마음이 한결 가벼워졌다.

열흘의 위빠사나 명상 경험은 이후 매일 조금씩이라도 명상하는 연습을 하게 만들었다. 한국에 돌아와서도 한 번 더 며칠간 숙박을 하는 위빠사나 명상을 했고, 대학에서 일반인을 대상으로 진행하는 명상 모임에도 참여했다. 이런 명상 경험은 일상에 큰 영향을 줬다. 걸을 때, 먹을 때, 누울 때, 말할 때, 그 모든 순간에 다른 것이 끼어들지 않고 오롯이 그것만을 할 수 있는 힘을 얻었다.

달라이 라마를 뵈러 다람살라에 왔지만 더 큰 수확을 한 시간이었다. 물론 명상이 끝난 뒤, 다라살람에 온 달라이 라마도 결국은 뵐 수 있었다. 달라이 라마는 일주일간의 특별 기도 시간에 어머니를 위해 기도해 주시기도 했다.

살면서 원래의 목적과 다른 것을 하게 되고 실망도 하지만, 돌이켜보면 의외의 멋진 결과물을 얻게 되는 순간이 수도 없이 존재한다. 나는 이런 말을 자주한다.

"모든 것에는 이유가 있다."

내가 다람살라에 가게 된 이유도 어쩌면 달라이 라마가 아닌 명상을 접하기 위해 정해진 것이었을지도 모른다.

인도 : 삶과 죽음이 공존하는 곳, 바라나시

신문사에서 기자로 일하던 때였다. 막 배달된 신간 동화책을 훑어보다 감탄이 절로 나왔다. 책장을 넘길 때마다 예쁜 나무 모양, 인도 전통 문양 등 다양한 형태의 종이 아트들이 형형색색의 색들과 함께 시선을 빼앗았기 때문이다. 이야기 속 코끼리는 파랑새를 찾아 떠나는 소년에게 원하는 것을 발견하고 싶다면 바라나시로 가라고 했다.

'원하는 것을 발견할 수 있는 곳, 바라나시.'

소장하고 싶을 만큼 예쁜 동화책 속 이야기에 나오는 이 도시가 궁금했다. 익숙하게 들어온 이름이지만 바라나시가 어떤 특성을 지녔는지는 무지했다. 그렇게 인도인들의 성지, 삶과 죽음이 공존하는 바라나시와 인연이 돼 그곳으로 떠났다.

갠지스강이 바라보이는 곳에 숙소를 잡았다. 새벽녘 하늘이 아직

푸르스름해지기도 전부터 여러 동물과 사람, 음악 들이 섞여 내는 소리가 시끌시끌 들려왔다. 요가를 하는 한 무리의 사람, 제를 올리는 것처럼 보이는 종교인, 강물로 몸을 닦으며 기도드리는 노인, 고인의 가족으로 보이는 시신 태우는 사람과 일을 돕는 인부, 그 와중에서 빨래하는 부지런한 아낙, 수영하는 꼬마, 심지어 열심히 짖어대는 개들까지. 갠지스강의 새벽녘은 지금까지 둘러본 세계 그 어느 곳보다 분주했다.

슬금슬금 나갈 채비를 했다. 혼자 여행을 할 때 가장 좋은 것은 내 마음대로 가고 싶은 곳, 하고 싶은 것을 정할 수 있다는 점이다. 커다란 스카프를 머리에 두른 채 시신 한 구가 타고 있는 화장터 옆에 앉았다. 힌두교도들은 죽은 뒤 자신의 재가 갠지스강에 뿌려지는 것을 가장 신성시하기 때문에 메인 화장터는 24시간 붐빈다.

거의 다 탄 시신 옆에 가족들이 조용히 앉아 있었다. 시신을 지긋이 지켜보던 할아버지 한 분이 30분 넘게 똑같은 자세로 함께 시신을 지켜보고 있는 여행자가 궁금했는지 내 옆에 와 앉았다.

"무슨 생각하니?"

질문의 내용이 당혹스러웠다. 나는 무슨 생각을 하고 있었던가. 한 구의 시신이 한 줌의 재로 바뀌고 있는 현장, '치열한 삶의 끝도 결국은 죽음이구나. 죽으면 어디로 가는 것일까. 윤회와 천국, 소멸, 각자의 믿음대로 영혼은 움직이는 것인가' 머릿속에 떠다니는 수많은 생각 중 질문에 대한 마땅한 답을 찾기 어려웠다.

"돌아가신 할아버지를 생각했어요."

나는 얼버무리며 답했다. 말을 건 할아버지는 고개를 끄덕이더니 옆에 그대로 앉아 물끄러미 앞을 바라보았다. 둘은 아무 말 없이 시신이 재가 되고, 누군가 쇠꼬챙이로 재를 뒤적일 때까지 바라보다가 일어섰다. 한 사람의 일생은 이렇게 조용히 타닥거리는 불 앞에서 마무리됐다. 이 사람은 괜찮게 살았던 사람인가 보다. 가족도 많고 시신이 재가 될 때까지 다 태워졌으니 말이다.

가난한 사람들은 시신을 다 태울 만큼의 나무를 살 수 없어 미처 다 태우지 못한 시신은 그대로 강물에 쓸어 넣는다. 인생의 마지막도 돈에 의해 차별받는 건가 싶지만, 이런 불필요한 생각 또한 살아남은 자의 생각이다. 죽은 자는 모든 것을 내려놓고 사라질 뿐이다.

엄마가 돌아가셨을 때 장례식장에서 물었다.

"수의는 어떤 것으로 하실 건가요? 재질에 따라 최고급, 고급, 보통이 있어요."

"제일 저렴한 걸로 주세요."

처음에는 엄마의 마지막 길인데 좋은 것으로 해야 하는 것 아닐까 고민됐지만, 어차피 화장할 거 무슨 차이가 있으려나 싶었다. 그런데 막상 수의를 입힐 때가 되자 '마지막 길인데, 돈 아끼지 말고 그냥 좋은 것 할 걸 그랬다'는 후회가 몇 번씩 들었다. 몇 년이 지난 지금에야 수의 재질이 무슨 소용인가 싶지만, 그 당시는 별것 아닌데 돈을 아꼈다고 속이 상했다.

하지만 이것도 갠지스강의 시신처럼 결국은 살아남은 자의 생각일 뿐이었다. 엄마는 말이 없고 수의 재질에 불평하지 않으셨다. 본질을 보지 않고 껍데기만 생각했기에 며칠을 쓸데없는 가슴앓이를 한 셈이다. 갠지스강에서 화장을 해 그 물에 담겨 윤회를 벗어나고 싶은 것이 힌두교도들의 본질이지, 시신이 좋은 나무로 태워졌느냐 다 태워졌느냐는 중요치 않다. 그럼에도 이를 바라보는 이방인은 그의 시선대로 돈에 의해 차별받는다는 잣대를 지우고 있었다.

며칠간 지켜본 바라나시는 블랙 코미디 같은 곳이었다. 강가든 골목길이든 대로변이든 시장이든, 어디에나 삶과 죽음이 공존했다. 좁은 골목길 사이로 꽃 장식이 된 시신을 실은 손수레가 지나다니고 바닥은 쇠똥과 오물, 쓰레기 등으로 널브러져 있었다. 돈을 구걸하는 아이와 길거리 음식을 파는 노점 상인, 작은 플라스틱 의자에 앉아 한 그릇당 300원도 채 되지 않는 음식을 먹는 현지인, 길가를 돌아다니는 거대한 소와 그 사이를 비집고 기웃거리며 구경하는 관광객, 다 탄 시신을 거두어 간 뒷자리에서 행여나 금붙이라도 있으려나 유심히 찾고 있는 사람과 밤이면 맥주와 마약을 판다고 치근덕거리는 상인 들까지.

죽은 이와 살기 위해 악다구니를 쓰는 사람들이 공존하는 이 곳에 왜 사람들이 몰려드는지 알 것 같았다. 굳이 삶과 죽음을 고민하고 왜 태어났는지, 왜 사는지, 철학을 깊이 있게 다루지 않아도 저절로 그런 질문들이 오가고 우문현답을 들을 수 있는 곳이었다.

바라나시에 사는 현지인들과 삶과 죽음에 관한 이야기들을 나누다 보면 쉽게 들을 수 있는 대답이 있었다.

"그런 거 왜 물어봐?"

"그게 중요해?"

"나는 그냥 살아."

이런 대답들을 듣자 왜 사는지 괜한 고민으로 몇 년을 허비한 듯한 느낌이 들었다. 삶의 목적을 궁금해하는 것 대신 내가 그 삶의 목적을 정하면 되는 것을, 쓸데없이 고민했구나 싶었다. 왜 동화책 속의 코끼리가 바라나시로 가라고 했는지 그제야 이해가 됐다.

바라나시는 수많은 시간 동안 '파랑새'를 찾고 있었던 나에게 그 파랑새가 내 안에 있음을 깨닫게 해 줬다.

일본: 친구 찾아 삼만리

사키를 알게 된 건 영국에서였다. 9개월에 90만 원이라는 저렴한 가격 때문에 영국 가기 전 미리 등록했던 영어 학원은 알고 보니 소위 '비자 학원', 그러니까 학생 비자가 필요한 동유럽 젊은이들이 비자를 얻기 위해 등록하는 곳이었다. 그러다 보니 동양인은 나뿐이고 영어 선생님은 영국인이 아닌 무려 그리스인이었다. 영국 학원에 왔는데 선생님이 타국 사람이라니, 헛웃음이 나왔다.

동유럽 학생들에게 학원은 크게 의미가 없었다. 일을 많이 해 돈을 벌어가는 것이 목적이었기 때문이다. 간혹 학원에 나오더라도 끝나자마자 부리나케 아르바이트를 하러 갔다. 이야기를 나누고 서로를 알아갈 시간이 없었다. 2주쯤 뒤, 한 일본 여학생이 들어왔다. 어떻게 이런 학원을 알고 왔지 싶었다. 꾸준히 학원에 나오는 학생은 동양 여학생 둘뿐이었다.

"사실 나는 반은 한국인이야. 우리 친아빠가 한국인이거든."

자연스레 나는 일본 친구 사키와 단짝이 됐다. 우리는 주말을 제외하고는 쌍둥이처럼 붙어 다녔다. 학원이 끝나면 식사를 하고 나란히 도서관에 앉아 책을 보거나 무료 박물관을 돌아다녔다. 지금까지 친한 친구를 묻는 질문에 빠짐없이 떠올리는 이름은 사키코 나이토다.

사키와는 잘 통한다는 말로는 부족한 사이다. 전생이 있다면 한 몸이 아니었을까 싶을 정도다. 가까운 거리에 있든 지구 반대편에 있든, 각자의 자리에서 비슷한 것을 경험하고 있다. 어쩜 서로 이야기하지도 않았는데 이렇게 비슷한 관심사와 가치관으로 삶을 살고 있는지 신기할 따름이다. 사업하는 중국계 말레이시아 남편을 만나 아시아를 주기적으로 떠돌며 살고 있는 사키와는 몇 년에 한 번씩 왕래한다. 오랜만에 만나거나 통화를 해도 매일 얼굴을 보고 지내는 친구같이 어색함이 없다.

영국을 떠난 뒤, 처음으로 사키를 만나러 간 곳은 일본이었다. 사키가 좋아하는 김치와 떡볶이, 김을 바리바리 가방에 쟁여 넣고 일본으로 향했다. 'Welcome to Japan'과 함께 내 이름이 적힌 환영 인사 스케치북을 든 사키와 사키의 남편 켄이 환하게 웃는 모습으로 공항에 서 있었다. 몇 년 만인데도 어색함 따위는 없었다. 우리는 부둥켜

안고 폴짝폴짝 뛰었다.

사키가 살고 있는 곳은 나고야 공항에서 차를 타고 1시간은 내려가야 하는 한적한 시골 동네였다. 2층짜리 주택에서 사키와 함께 살고 있는 어머니와 할머니가 정답게 맞이해 주셨다. 〈겨울연가〉의 배용준을 좋아해서 한국에 여행까지 다녀왔다는 어머니는 한국인 친구가 반가운지 몇 마디 한국말로 조심스럽게 말을 건네셨다.

봄인데도 날씨가 꽤나 쌀쌀했다. 거실에 놓인 일본식 난방 기구 코타츠를 벗어나면 집 안에서도 입김이 나올 정도로 추웠다. 차려 준 저녁을 먹고 다 함께 따끈한 코타츠 안에 발을 넣고 도란도란 이야기를 나눴다. 평소라면 지극히 평범했을 이 저녁 시간, 만나고 싶었던 친구와 어깨를 맞댄 채 때론 흥분하고 때론 잔잔하게 각자의 에피소드를 주고받는 것이 꿈만 같았다.

24시간 일정하게 따뜻한 온도를 유지하고 있는 낯선 시스템의 반신 욕조에서 몸을 데우고 준비해 준 방으로 들어갔다. 매트리스 수준의 두꺼운 요 위에는 엄마가 시집올 때 가져왔던 솜이불과 흡사한, 꽃이 수놓인 이불이 세 겹 덮여 있었다. 이불 속에 들어가 그 무게를 몸으로 느끼며 소리가 밖으로 새 나갈까 숨죽여 웃었다. 자는 내내 코가 시려워 몇 번이나 코를 만지고 잤는지 모른다. 온돌 문화가 얼마나 감사한지는 추울 때 외국 여행을 다녀 보면 안다.

"일주일 뒤에 마을 벚꽃 축제가 열리는데 그 전까지 뭐할 거야?"

사실 일본 여행의 주된 목적은 단 하나, '사키 만나기'였기에 별다른 준비와 공부를 하지 않았던 터다. 3일 정도는 도쿄 여행을, 나머지는 사키 부부와 함께 나고야 여행과 유니버설 스튜디오 구경을 하기로 정했다. 1시간 넘도록 줄을 서야 했던 유명한 나고야의 튀김 맛집과 현지인들만 안다는 유명 스시 맛집을 거치며 나고야를 둘러봤다.

사실 장소가 어디인지는 중요치 않았다. 사키를 만났다는 것 자체가 가슴 뛰고 즐거웠다. 정작 둘러보느라 많은 대화를 나누지 못했던 낮과 달리 사키와 같은 방을 쓴 게스트 하우스에서는 새벽녘까지 도란도란 쌓아 놨던 이야기보따리를 풀기 시작했다. 몇 년간 서로의 삶에 어떤 일들이 있었는지, 요즘 무슨 생각을 주로 하고 사는지 등을 나눴다. 사키는 가족과 켄에 대한 이야기를 들려줬다. 켄과 결혼하기 위해 6개월이나 배를 타며 실력을 쌓았던 해양 경찰이라는 직업을 과감히 포기한 이야기도 전했다.

"일본은 생각보다 보수적이야. 경찰이 되려면 외국인이랑 결혼하면 안 된대. 직접적으로 '결혼하지 마라'고 안 하지만 돌려서 그렇게 이야기하더라. 그래서 꿈이었던 경찰을 포기했어."

그러면서 예전 같으면 '왜 나에게만 이런 일이 생길까'라고 생각하며 억울해했겠지만, 요즘은 이 모든 것이 이번 생애에서 자신이 감당해야 할 일이라는 것을 알아차렸다고 했다.

"최근 읽은 책에 따르면 인간은 7단계를 거쳐 다시 태어난대. 만약 이번 생애에서 나에게 주어진 역할을 해결하지 못하면 똑같은 레벨로 다시 태어난다는 거야. 7레벨까지 가면 다시는 태어나지 않아도 된대. 반복되는 괴로운 생에서 벗어나는 거지."

사키가 어떤 생각으로 삶을 살고 있는지가 엿보였다. 나 역시 '인간은 경험하기 위해 태어났고, 어떤 경험도 이롭다'는 삶의 가치관을 함께 나눴다. 어떤 상황에서도 좌절 대신 '이 경험이 나에게 무엇을 주고자 하는가, 무엇을 배우게 하는가'를 찾는다는 말에 사키는 고개를 끄덕이며 공감했다. 저녁 10시에 시작된 대화는 새벽 3시가 넘어서까지 계속됐다.

"아, 이게 '가치관'이라고 하는데…."

"가치깡?"

간혹 어떤 단어가 영어로 생각나지 않을 땐 각자의 언어로 이야기하는데도 서로 그 이야기를 알아들었다. 비슷한 발음의 단어들이 있어 가능한 일이었다. 모국어로 나누는 대화가 아니지만 서로 이야기를 나누는데 전혀 어색함이 없었다. 우리 둘이 얼마나 연결됐는지 눈빛만 봐도 그 감정이 그대로 전달됐다. 지구 어딘가에 나와 비슷한 생각, 가치관을 지니며 살고 있는 '또 다른 나' 혹은 '쌍둥이' 같은 친구가 있다는 건 크나큰 행운이다. 게다가 언제 어디든 그 친구가 있는 곳에 가서 며칠씩 묵으며 이야기 나누고 올 수 있다는 것은 든든한 적금 통장을 손에 쥐고 있는 것과 맞먹는다.

짧은 도쿄 여행을 다녀온 여행객을 맞이한 것은 사키가 살고 있는 마을의 전통 '사쿠라 마츠리(벚꽃 축제)'였다. 일반 여행이었다면 결코 맛볼 수 없는 시골 마을의 꽤나 큰 축제였다. 전통 옷을 입은 청년들이 벚꽃 모양의 조화로 장식된 길이 3미터 정도의 거대한 꽃가마를 들쳐 메고 뱃노래나 노동요처럼 리듬 있는 가락에 맞춰 소리를 질렀다. 꽃가마는 열을 맞춘 채 춤을 추듯이 좌우로 움직이며 마을 곳곳을 돌아다녔다. 중간중간 가마를 멘 청년들이 바뀌었고, 청년들이 들고 나는 타이밍에 맞춰 우리도 가마를 드는 시늉을 하며 몇 미터를 행진했다.

이방인이지만 전혀 이방인처럼 느껴지지 않았다. 마치 이 고장을 잘 아는 사람처럼, 몇 년째 참가해 봤던 것처럼 마을 사람들과 함께 어우러져 축제를 즐겼다. 어렸을 적 방역차가 연기를 뿜으며 동네를 돌아다닐 때 그 뒤를 쫓아다녔던 장난꾸러기들처럼 꽃가마를 따라다니며 알아듣지도 못하는 노래에 장단 맞춰 흥얼거렸다.

꽤나 오랫동안 마을을 돈 뒤, 마을 장에서 떡꼬치와 전통 과자를 사 먹으며 키득거렸다. 나이는 서른에 가까웠지만, 그 순간만큼은 개구쟁이 죽마고우와 장난친 뒤 간식을 먹는 꼬마가 된 기분이었다. 시간이 훌쩍 흐른 뒤 타지에서 친구를 만나는 것은 가슴 두근거리는 로맨스만큼이나 설레고 매력적이다.

'그 친구는 얼마나 성장했을까? 나는 어떤 모습으로 비춰질까? 우

리는 그 시간 동안 어떤 삶을 꾸려 나갔을까?'

그 간극을 여행하는 동안 살펴보고 채워 나가는 것은 '나를 오롯이 바라볼 수 있는' 또 하나의 명상이며 탐구다. 사키는 내게 그런 친구다. 그런 친구가 있다는 것이 감사할 따름이다.

현재 사키는 대만에서 일본어를 가르치며 중국어를 배우고 있다. 간간이 화상 채팅으로 서로의 안부를 묻고 SNS 사진으로 근황을 확인한다. 아이를 키우고 있는 한국 친구와 딩크족으로 지내고 있는 일본 친구는 전혀 다른 삶을 살지만, 여전히 비슷한 것을 읽고 배우고 소통하는 중이다.

언제든 상대의 공간으로 날아가 며칠이고 묵어도 부담스럽지 않은 사키와 나. 탯줄로 연결된 엄마와 아이처럼 우리 둘은 끈끈하게 연결돼 있다. 이제 근질근질하다. 사키를 보러 대만으로 떠나야 할 시기가 온 것 같다.

말레이시아: 멜팅 폿

일본 친구 사키의 신랑 켄은 중국계 말레이시아 사람으로, 누나와 형이 열여덟 명이나 있다. 그 숫자를 들으면 대부분 엄마가 둘인가 싶겠지만, 한 엄마의 배에서 나온 사이다. 명절 때 온 가족이 모이면 100여 명이 된다고 한다. 켄을 알게 된 건 사키와 같은 날이었다. 영국에서 아르바이트를 할 때 만난 동료가 함께 볼링을 치러 가자고 했고, 나는 사키를 그 친구는 켄을 데리고 나왔다.

설을 한 달 앞두고 말레이시아에 살고 있는 사키에게 연락을 했다. 조만간 한 달여 간의 말레이시아 여행을 계획 중인데 혹시 편한 시간이 언제인지 물었다.

"설에 맞춰서 오는 건 어때? 시댁에서 설을 보낼 건데 같이 가자. 재미있는 시간이 될 거야."

명절에 누군가의 집을 방문한다는 것은 생각해 본 적이 없었기에 괜찮은지 물었다.

"괜찮아. 모두 모이면 100명이 넘는데, 한두 명 더 온다고 해서 문제될 건 전혀 없어. 오히려 좋아할 거야."

그렇게 해서 계획한 말레이시아 여행은 내게 힐링과 기쁨을 동시에 선사했다.

조호바로에 위치한 사키의 시댁은 바나나와 파인애플 농장 깊숙이 자리한 시골이었다. 부모님이 돌아가시고 켄의 큰형 가족이 시댁을 지키며 살고 있었다. 열여덟 명의 형과 누나라니, 상상할 수도 없는 대가족이다. 큰형은 켄과 매우 닮은 모습으로 아버지라 해도 믿을 정도의 노인이었다. 최소 20여 년의 차이가 있으니 그럴 법도 했다. 타국에서 온 올케와 외국인 친구는 켄의 가족으로부터 큰 환영을 받았다.

중국에서 이민 와 3세대가 이곳에 살고 있는 말레이시아 사람들이지만 풍속은 중국의 설을 고스란히 지키고 있었다. 정월대보름까지 2주가 넘는 기간 동안 가족끼리 모여 먹고 노래 부르고 마작하고 불꽃놀이와 풍등을 띄우며 시간을 보냈다. 식탁과 음식을 올려놓는 선반에는 기름에 튀긴 다양한 모양의 과자가 몇 통씩 놓여 있고, 대추야자 열매와 설탕에 절인 말린 과일이 그릇 가득 채워져 있었다. '헉' 하는 이방인의 반응에 큰형수가 소리 내 웃으며 말했다.

"중국 설에는 먹을 것이 떨어지지 않게 쌓아 놓고 먹어."

다양한 인종이 사는 말레이시아는 학교에서 영어를 같이 사용한다고 한다. 그래서인지 남녀노소 누구나 일상적인 영어 회화를 주고받을 수 있었다. 켄의 가족도 그랬다.

마당에는 켄이 챙겨 온 문짝 세 개만한 커다란 스크린이 놓여 있었고, 저녁마다 음악 파티가 열렸다. 매일 비슷비슷한 그러나 조금씩 다른 일상들이 마술사의 색깔 보자기처럼 주르륵 펼쳐졌다. 아침에는 늘 먼저 일어나 요가를 하며 찌뿌둥한 몸을 달랬다. 며칠째 요가하는 이방인을 지켜보던 조카들이 어느새부턴가 서로 요가를 배우겠다고 마당에 매트를 깔고 나란히 앉는 풍광이 벌어지기도 했다.

또, 차를 마시고 과자류를 집어 들던 누군가가 자연스럽게 이야기 주제를 던지면 한두 시간이 훌쩍 지나갔다. 각자가 살아온 삶의 스토리나 행복에 대한 철학들이었다. 가족 구성원이 많으니 다양한 직업, 다양한 삶을 살아온 사람들로 넘쳤다. 말레이시아에서 결혼할 때 사키의 신부복은 디자이너 누나가, 헤어 메이크업은 미용사인 누나가 담당했다고 한 것이 그리 놀랍지도 않았다.

대만에서 차를 몰고 마치 옆 마을처럼 국경을 건너 큰오빠 집을 찾은 넷째 누나는 '먹고 살기 위해 움직이다 보니 대만까지 가게 됐다'며 이제 좀 살만해진 현재의 감사함을 나눠 줬다. 누나의 이야기에 사키가 "저 언니네가 이 집에서 가장 잘 살아"라며 귀띔을 했다.

거기에 덧붙인 사키의 말.

"왜 부자가 됐는지 알 거 같아. 저 언니네는 항상 감사하다고 이야기해. 아주 작은 것에도 말이야. 부정적인 말을 하는 건 들은 적이 없어."

사키는 만고의 진리인 감사의 힘을 다시 한번 확인시켜 줬다. 유전자의 영향인지 가족이라는 환경 덕분인지 켄의 가족은 대부분이 긍정적인 편이라고 했다. 명절이기도 했지만 수많은 사람이 북적거리는 이 집에서 열흘이 넘게 단 한 번도 큰 목소리나 짜증 섞인 이야기가 오가지 않았다. 늘 여기저기서 농담이 오갔고 배꼽 잡고 웃었다.

사키의 시댁에서 지낸 지 며칠이나 지났을까, 그사이 친해진 켄의 넷째 누나가 마당에 있는 나에게 다가와 봉투를 건넸다. 캐릭터가 그려진 손바닥만 한 빨간색 봉투에는 말레이시아 지폐 몇 장이 들어있었다. 세뱃돈이란다. 성인이 돼 처음 받는 세뱃돈. 게다가 타국에서 불과 며칠 전만 해도 모르던 사람으로부터 말이다. 곧이어 두 명의 가족이 더 다가와 빨간색에 황금색 '복'이라는 글자가 새겨진 봉투와 역시 황금 돼지가 찍혀져 있는 빨간색 봉투를 내밀었다.

함께 먹고 자는 시간 동안 우리는 꽤나 친해졌던 모양이다. 돈을 받고도 부담스럽지가 않았다. 그저 감사하고 재미났다. 오후에는 켄의 조카들과 함께 시내로 나가 받은 용돈으로 과일과 간식거리를 사고 아이스크림을 하나씩 입에 문 채 돌아왔다. 아이들처럼 신이 났다. 무한한 사랑을 받고 있다는 것이 저절로 느껴졌다.

저녁에는 말레이시아에 오기 전부터 사키와 기획했던 벼룩시장을 열었다. 한국과 몇 나라를 돌며 사가지고 온 소소한 기념품들, 사키가 준비한 물건들이 좌판에 좍 깔렸다. 별거 아닐 거라 생각했는데 사키가 준비한 물건은 상상을 초월했다. 아이들을 위한 물총부터 머리 장식, 액세서리, 주방 용품, 옷 등 200여 가지가 넘었다. 한국 지방 축제 때마다 한구석에 자리하고 파는 좌판이 떠오를 정도였다.

"이렇게 준비하는 거 쉽지 않았을 텐데, 어떻게 이런 생각을 했어?"

"여기 가족들이 그냥 명절에 먹기만 하고 아무것도 하지 않는 것이 아쉽더라고. 뭔가 문화를 만들고 싶었어. 그래서 이런 이벤트도 하고 켄에게 이야기해서 가라오케도 준비하기로 한 거야. 그러다 보니 가족들이 나를 기다려."

어디를 가든 사랑받는 사람은 이유가 있다. 놀란 것은 그뿐만이 아니었다. 다음 날 오전부터 켄과 사키가 쪼갠 대나무를 옮기고 있었다. 뭐하냐는 질문에 일본에서 축제 때 하는 '떠내려가는 소면, 젓가락으로 집어 먹기' 이벤트를 할 거라고 답했다. 사키가 존경스러웠다. 어디를 가든 항시 일본의 문화와 행사를 소개하고, 그 지역 문화를 접목시켜 어우러지는 사키가 내 친구라는 것이 뿌듯했다. 이 이벤트는 그 뒤로도 몇 년간 더 진행됐고 지역 신문에 기사로 나기도 했다.

사키의 시댁을 떠나는 날, 수많은 가족과 포옹을 하고 아쉬움의 눈물을 흘렸다. 감사와 사랑, 축복으로 가득한 시간이었다. 어린 시절을 벗어나 이렇게까지 실컷 먹고 어울려 놀아 본 적이 있었나 싶다. 사키, 켄의 가족과 함께한 설 명절은 새로운 관점을 내게 선사했다. 그들이 가진 삶의 여유, 잔잔한 존재감은 그 뒤 일상을 사는 데 오랫동안 큰 버팀목이 됐다. 그 힘이 무엇인지는 꼬박 하루가 걸려 조호바로에 도착한 켄의 가족 중 누군가의 말로 설명할 수 있을 것 같다.

"이렇게 일 년에 한두 번이라도 가족이 다 모여 어울리고 삶을 나누는 것이 일 년을 버틸 수 있는 힘을 주더라고. 듬뿍 사랑받고 실컷 쉬다 가면 치유가 되는 거 같아. 그래서 무리해서라도 꼭 오고 싶어."

가족이 아니더라도 이렇게 삶에 희망을 얻어갈 수 있는 무언가가 있다면 우리 삶은 꽤 괜찮은 거다.

2 장 여행에서 얻은 것들

두 번째 이야기

팔레스타인 : 여행의 입맛을 길들여 준 할머니

　10년 전부터 좋아하는 음식으로 손꼽게 된 음식이 있다. 바로 올리브다. 오일에 절인 올리브부터 아직 떫은맛이 남은 소금에만 절인 덜 숙성된 올리브, 올리브 오일에 이르기까지 '올리브'라는 이름이 들어가면 모조리 사랑하는 음식으로 나타난다.

　중동 여행을 하기 전 올리브는 내게 샐러드에 얹힌 장식 정도일 뿐이었다. 간혹 매우 짠 올리브를 먹을 때면 도대체 왜 이걸 먹는 걸까 싶기도 했다. 마치 한국에 살게 된 외국인이 처음 김치를 접하고 그 생경한 맛에 당혹스러웠지만 매번 식사 때마다 나오는 김치를 조금씩 맛보며 어느새 김치 마니아가 되는 것처럼, 중동 여행은 내게 올리브를 선물로 줬다.

　터키에서 이란으로 넘어가기 3일 전, 현금 전부를 도둑맞았다. 여행을 그만두고 한국으로 돌아가야 하나 어찌해야 하나 혼란스러웠다. 하지만 돈 때문에 계획한 여행을 중단하고 싶지는 않았다. 한국에서 얼마간의 돈을 공수해 아껴서 쓰기로 작정했다. 여행자가 아낄수 있는 돈은 차비와 숙박비다. 짧은 거리야 히치하이크를 하든 쉬엄쉬엄 걸어가든 할 수 있지만, 장거리 차비는 줄이기가 여간 어려운게 아니다. 그렇다면 남은 가능성은 숙박비다.

새로운 개척지가 될 팔레스타인으로 넘어가며 어떻게 해야 남은 여행 기간 동안 숙박비를 줄일 수 있을 것인지 생각했다. 처음엔 아무 방법도 떠오르지 않았다. 그렇게 오후 4시쯤 됐을까, 해가 지기 전에 숙소를 구해야겠다는 생각을 하고 있던 차에 자그마한 동네 슈퍼밖에 의자를 내놓고 있던 가게 주인이 주위를 두리번거리고 있는 동양 여행자를 손짓으로 불렀다.

"Tea(차)?"

다리도 아프고 저렴한 숙소를 물어봐야 하던 참이라 기쁜 마음으로 주인의 호의를 받아들였다. 차를 막 마시려는데 슈퍼 주인처럼 낯선 여행객을 주시하던 동네 사람들이 호기심 어린 눈으로 하나둘 모이기 시작했다. 어디서 왔는지, 이 작은 동네에는 무슨 볼거리가 있어 왔는지 질문 공세가 이어졌다. 쉴 틈 없이 이어지는 질문에 답하던 나는 마침내 숙소 이야기를 꺼냈다.

"어디 저렴한 숙소 없을까?"

슈퍼 주인의 통역에 주민들은 갑자기 신이 나서 와글와글 아랍어로 이야기를 주고받기 시작했다. 어떤 숙소가 좋을지 이야기를 나누는 것 같았다.

　"우리 집으로 와."

　그때 수염이 덥수룩하고 덩치가 큰 한 아저씨가 말했다.

　"그래. 얘네 집으로 가. 여기 집이 커."

　안도의 한숨이 나오면서도 한편 '어떤 사람인지 모르는데 따라가도 되려나? 괜히 말을 건넸나?' 하는 염려가 따라왔다.

　"가족들이 괜찮다고 할까?"

　가족이 있으면 조금 마음이 놓일 것 같아서 가족 이야기를 꺼냈다.

　"응. 우리는 2층에 살고 1층에 빈 공간이 있어."

　그러고는 곧바로 핸드폰을 꺼내 들고 누군가에게 전화를 걸었다. 조금 있으니 대여섯 살 정도로 보이는 여자아이와 오빠인 듯 보이는 남자아이가 슬리퍼를 신고 대각선 방향에서 뛰어오는 것이 보였다. 아이들을 보니 마음이 놓였다. 이방인을 보자 조금 쑥스러운 듯 여자아이는 덩치 큰 아저씨 다리 뒤로 숨으며 슬그머니 고개를 내밀고 웃었다. 아저씨의 자녀인 듯했다. 아빠의 손을 잡고 신이 나서 폴짝거리는 아이들을 따라 골목을 걸었다.

　마을에서 언덕 쪽으로 5분쯤 걸어가자 커다란 대문이 나오고 대문을 열자 '대저택'이라고 이름 붙일 법한 커다란 이층집이 보였다. 대리석으로 쌓은 계단은 고개를 위로 들어 올려야 할 정도로 높은 위치에 있는 2층 문과 맞닿아 있었다. 이렇게 높은 이층집은 난생 처음이었다. 커다란 여행 가방을 번쩍 든 아저씨가 따라오라며 2층으로 걸어 올라갔다. 문에는 히잡을 두른 중년 여성과 아이를 안은 다소 젊은 여성이 손님을 맞이해 줬다.

"앗살라 말라이쿰."

동양인의 아랍어 인사에 두 여인은 크게 이를 드러내 웃으며 답했다.

"말라이쿰 살람."

집 안에 들어서자 연세 많아 보이는 할머니 한 분을 비롯해 서넛의 어른과 아이 셋이 더 있었다. 압둘이라 자신을 소개한 아저씨는 이 상황에 대해 대략 알고 있는 듯 보이는 가족에게 내 소개를 했다. 그리고 일일이 가족 구성원들을 소개해 줬다. 대가족이었다. 형제가 셋인데, 두 형제의 가족과 결혼하지 않은 여동생이 이 집에서 어머니와 함께 살고 있다고 했다. 함께 차를 마신 뒤 1층에 있다는 숙소로 안내받았다.

문을 열자 높은 천장과 함께 꽤나 잘 꾸며 놓은 방이 나타났다. 소파에 책상, 한쪽에는 화장실과 작은 부엌까지 딸린 원룸 형태의 공간이었다.

"이 공간은 손님이 오면 묵는 곳이야. 오랫동안 비어 있었으니 먼지가 있을 거야. 청소할 걸레를 같이 줄게. 불편한 거 있으면 말하고, 이따 저녁 먹을 때 딸 보내서 알려 줄게."

나는 이 집에서 무려 일주일이나 넘게 묵었다. 식사 시간에 이 집에 있게 되면 어김없이 딸이 내려와 식사를 하라고 나를 불렀다. 특별한 일이 없으면 아침과 저녁을 함께 먹었다. 밥숟가락 하나만 얹으면 함께 밥을 먹을 수 있는 우리나라 전통 식단처럼, 중동 역시 새로

차려야 하는 것이 별로 없었기에 부담을 내려놓고 감사함으로 식사 시간에 합류했다.

중동의 일반적 식사는 얇고 넓적한 빵이 주식으로 토마토, 오이, 참깨와 향신료를 갈아 올리브 오일에 절인 소스, 절인 올리브, 치즈, 달걀 스크램블 등을 빵에 싸 먹는다. 집안 형편이나 상황에 따라 반찬 가짓수는 달라지지만 대체적으로 이 정도다.

이 집은 형편이 꽤나 괜찮은 듯했다. 프랑스 치즈 제품이 끼니 때마다 올라오고 달걀 스크램블도 빠지지 않았다. 부지런한 할머니는 빵을 직접 구우셨다. 며칠에 한 번씩 빵을 구워 놓는다는데, 이 집에 머물며 두 번이나 빵 굽는 것을 지켜볼 기회가 있었다.

각자의 언어는 몰랐지만 손짓과 눈빛만으로 할머니와는 많은 것이 통했다. 반죽을 얇게 펴 동그란 피자 모양으로 만든 뒤 넓은 팬에 놓으면 몇 초 지나지 않아 얇은 피가 부풀어 오르며 구워졌다. 그렇게 완성된 빵은 이미 켜켜이 쌓인 빵 위에 겹쳐서 놓았다. 자칫하면 찢어질 정도로 얇은 빵은 내려놓는 와중에 다 식어 버릴 정도였다.

나는 가족 구성원이 된 것 마냥 할머니가 구워 준 빵 더미를 들고 거실로 갔다. 식탁 문화가 아닌 바닥에서 식사를 하는 문화이기에 바닥에는 얇은 비닐이 깔렸다. 압둘의 아내와 여동생이 반찬들을 날랐다. 어김없이 한 접시 담겨 나오는 올리브. 연녹색의 올리브 절임은 한국에서 먹었던 짠맛의 퍼석한 느낌이 아닌 아삭한 식감에 향이 풍부했다.

"한국에서 먹던 올리브 통조림이랑 맛이 달라. 녹색 올리브보다 블랙 올리브가 좀 덜 짜더라고. 나무 종류가 다른 거야?"

압둘의 여동생 파티마는 소리를 내서 웃으며 답했다.

"녹색 올리브가 익으면 블랙 올리브가 되는 거야. 올리브 담그는 방식에 따라 맛이 달라."

그러고는 엄마가 직접 담근 거라며 다른 올리브를 한 접시 가져왔다.

"이거 아직 완성된 것은 아닌데 한번 먹어 봐."

한번도 먹어 본 적 없는 다소 떫은맛의 올리브는 끝맛이 씁쓸하면서도 향긋하게 목구멍 안쪽을 감돌았다.

"소금만 뿌린 거야. 오일에 절이는 것도 좋지만 이것도 익으면 정말 맛있어."

파티마는 올리브 절임 맛이 집집마다 각양각색이라면서, 자신의 집 올리브가 마을에서 제일 맛있을 거라고 말하며 윙크를 했다. 한국의 각 가정마다 김치 맛이 다르듯 올리브도 가정마다 맛이 다르다는 것을 이때 처음 알게 됐다. 그 뒤로 중동의 여러 집에서 올리브를 맛보았고 그 맛은 정말 각양각색이었다. 파티마 말대로 가장 맛있는 올리브 절임은 이 집 할머니 솜씨였다.

일주일이 지나고 떠날 때가 됐다. 압둘과 파티마의 어머니는 2리

터짜리 물통에 올리브 절임을 가득 담아 일주일을 함께한 여행자의 손에 건네주며 마치 할머니가 손녀에게 하듯 손등을 세 번 토닥여 줬다. 2리터의 올리브 절임은 일주일을 채 가지 못했다. 중동 여행 내내 매 끼마다 한 움큼 이상 먹은 것은 단순히 올리브 절임이 아니라, 올리브 절임에 담긴 사랑이었다.

유년 시절 어머니가 길들여 준 입맛이 성인인 나를 만들었지만, 여행을 하며 생긴 새로운 입맛 역시 지금의 나를 만들었다. 식당을 가서 올리브를 발견하면 다른 것 제쳐 두고 한가득 담아 온다. 마트에 가면 올리브 코너를 그냥 지나치지 못한다. 할머니의 올리브는 내 입맛을 길들여 줬다. 지금도 올리브를 볼 때마다 할머니의 올리브가 아른거린다.

터키 : 우연, 여행의 묘미

터키는 염두에 없었다. 언젠가는 꼭 가 보고 싶은 여행 리스트에 올라 있긴 했지만, 사실 위치도 정확히 몰랐다. 세계 지도의 중간 정도에 위치하고 있겠지 하는 수준이었다. 터키행 비행기를 끊게 된 것은 단순히 독일 여행 중 만난 여행자와의 대화 때문이었다.

프랑크푸르트 버스 안에서 만난 핀란드 대학생은 1년의 세계 여행 중이며, 가장 기대가 되는 터키를 갈 거라며 묻지도 않은 이야기를 먼저 꺼냈다. 핀란드에 한 달 넘게 있으면서 먼저 말을 걸고 자신의 이야기를 술술 하는 핀란드인은 단 한 명도 만난 적 없었기에 신기하게 그녀를 바라봤다. 다음 행선지를 묻는 질문에 내가 이탈리아라고 답하자 이렇게 말했다.

"독일에서 터키 가는 비행기는 정말 싸. 바로 옆인데 터키를 들렀다 가지 않고 왜 바로 이탈리아로 가?"

"터키가 바로 옆이야?"

이번 여행에 터키는 전혀 계획에 없었지만 바로 옆이라는 말에 귀가 솔깃했다. 이탈리아보다 터키가 더 끌렸다. 그녀와의 대화 뒤 바로 지도를 펼쳐 들었다. 바로 옆은 아니었지만, 비행기표가 싸다는 말에 손해 볼 것 없겠다는 판단이 들었다. 며칠 뒤 내 발걸음은 로마가 아닌 터키 골목을 누비고 있었다.

이스탄불의 500년이 넘는 전통 시장 '그랜드 바자'가 첫 방문지였다. 여행을 가면 어디든 가장 먼저 들르는 곳이 시장이다. 세계에서 가장 크고 오래됐다는 명성답게 60여 개의 미로 같은 통로, 20개의 입구, 5천여 개의 상점이 자리하고 있었다.

높은 아치형 천장의 화려한 전통 문양을 바라보며 넋을 놓고 있는 와중에 누군가 "안녕하세요" 하고 인사를 건넸다. 날 아는 사람이 있나 깜짝 놀라 주위를 둘러보니 양탄자 매장 앞에서 턱수염이 덥수룩한 남자가 입꼬리를 위로 올리며 손을 위아래로 흔들고 있었다. 들어오라는 손짓을 하며 "한국 어디서 왔어요?"라고 묻는 통에 웃음이 나왔다. 많은 한국 관광객들을 접해 본 익숙한 말투였다. 급할 것 없는 일정이었기에 주인의 손짓을 따라 매장 안으로 들어섰다.

"Tea(차)?"

매장에서 차를 타주는 줄 알고 알았다고 했는데, 조금 있다 누군가가 쟁반에 차 두 잔을 들고 들어왔다. 물건을 사야 될 것 같은 느낌에 주위를 둘러보며 어색해했더니 아니라는 말을 열 번 가까이 하며 손을 휘저었다.

"뭐 사라고 주는 거 아니야. 그냥 차 마시고 가. 어차피 이 시간에 손님도 별로 없어. 어디서 왔어? 서울?"

"응."

"그렇구나. 여기 한국 사람들 많이 와. 봐 봐."

매장 테이블에는 천 원짜리가 코팅된 채로 넣어져 있었다. 외국 관광객들과 찍은 사진들이 벽 한쪽에 붙여져 있었는데, 한국인과 팔짱 끼고 찍은 사진을 손으로 가리키며 '내 한국 친구 미스터 킴'이라며 씨익 웃었다.

"여행 중이야? 어디 어디 다녀왔어? 어디가 제일 좋아? 혼자 여행하면 재미있어?"

자신을 알리라고 소개한 양탄자 가게 주인은 한국 여행객의 여행 보따리를 풀어 달라며 여러 가지 질문을 늘어놓았다.

"난 평생 여기를 떠나 다른 곳에 가 본 적이 없어."

"여행하고 싶어?"

"아니. 그냥 여기서 매일 여행자들 만나다 보면 내가 여행하는 거 같아. 만약 여행을 간다면 한국은 한번 가 보고 싶어."

그러고는 껄껄껄 웃었다.

이야기를 나누다 보니 옆 가게, 앞 가게, 찻집 주인 등 몇 명이 자연스럽게 옆에 의자를 놓고 앉기 시작했다. 이렇게 해서 어디 장사가 되겠나 싶었다.

"근데 장사는 돼?"

"당연하지. 한번 봐 볼래?"

알리는 일어나더니 양탄자들을 하나씩 펼쳐 보였다.

두터운 양탄자 서너 개가 펼쳐지자 부담이 돼 손사래를 쳤다.

"나 안 살 거야."

"아니 구경하라고."

그러고는 아무렇지 않게 여러 가지 양탄자를 꺼내더니 작은 양탄자와 발 매트 사이즈의 헝겊들도 함께 꺼내며 태연하게 말했다.

"이건 여행 기념품으로 사 가는 거 좋아. 추천해."

알리의 능청스런 표정에 웃음이 나오지 않을 수 없었다.

잠깐 앉아 있으려던 티 타임은 1시간 넘게 지속됐다. 알리는 맛집은 여기, 차 마시고 싶으면 이 가게, 향신료를 사고 싶으면 이 가게를 들르라고 직접 지도에 표시해 줬다. 숙소를 옮기려 한다는 말에 가격이 적당하고 여행자들에게 편한 곳이라며 숙소까지 알려 줬다. 한 달은 터키에 있을 거라는 이야기에 다시 오라며 주소를 적어 주고는 윙크를 했다.

터키의 첫 여행은 알리가 알려 준 밥집에서 식사를 하고 차를 마시고 알리가 소개한 숙소에서 잠을 청하는 일정으로 하루를 마감했다. 일기를 쓰면서 하루를 곱씹었다. 핀란드 대학생 덕분에 터키에 오게 됐고 상상하지 못했던 새로운 친구를 만났다. 그 뒤 이스탄불에 있는 동안 하루에 한 번씩은 알리 가게에 들러 차를 마시는 것이 일과가 됐다.

지인에게 선물 받은 《세상에 그저 이뤄지는 것은 하나도 없다》는 책 제목처럼, 터키 여행은 인접한 중동으로의 1년 동안의 여행 문을 열어 준 계기이기도 했다. 이스탄불을 떠나는 날, 알리는 한국에 가서 엽서 한 장 보내라며 신신당부를 했다. 하지만 한국에 돌아와서 알리의 주소로 엽서를 보내지는 못했다. 여행 끝 무렵, 수첩과 노트북을 분실했던 터다. 알리 가게 이름과 주소는 사라졌지만, 또다시 터키에 간다면 찾아갈 수 있을 것 같다. 시장 입구에 들어서면 여전히 그곳에서 "안녕하세요"라고 인사를 던지며 여행객을 맞이할 것이라는 기대가 있기에.

삶은 계획대로 되지 않는다. 계획하지 않은 것들이 오히려 더 내 삶을 풍요롭게 한다. 우연을 믿기 시작했다. 감을 믿게 됐다. 감정과 느낌을 소홀히 하지 않는 센스가 생겼다. 이제 '터키' 하면 떠오르는 사람들이 있고 기대가 된다. 다음 번에는 친구를 만나러 터키에 다녀오고 싶다.

이란: 이보다 더 좋은 곳이 있을까

약 1,000일 간의 여행을 한 걸 알고 나면 사람들은 내게 꼭 어느 지역이 가장 좋았는지 묻는다. 그런 질문을 받을 때마다 나는 단 1초의 망설임도 없이 이렇게 말한다.

"이란이요."

사랑과 관심, 아름다움이 가득한 곳으로 내게 남아 있기 때문이다.

나의 이란 사랑은 10년 전으로 거슬러 올라간다. 숙박 시설은 잠만 자면 되는 곳이라는 생각을 지녔던 때다. 당연히 게스트 하우스나 유스 호스텔을 찾았고, 기본이 4인실 이상이었다. 굳이 좋은 곳에 머물 필요가 없다는 지론에 따라 매번 사람들이 바글거리는 6인실, 4인실, 어쩔 땐 8인실에도 머물렀다.

한곳에 장기 투숙하는 여행자들은 볼거리 즐길거리 대신 숙소에서 책을 읽거나 글을 쓰며 시간을 보내는 경우가 많았다. 이런 여행자들과 이야기를 나누게 되면 자연스레 여행에 대한 이야기로 주제가 넘어간다. 이때마다 오가는 질문 중 하나는 "어느 여행지가 제일 좋았어?" 혹은 "어디가 가장 기억에 남아?"다. 신기한 것은 1년 이상의 세계 여행을 다니는 외국인 여행자들의 열에 아홉은 어김없이 '이란'과 '라오스'를 손꼽는다는 것이다. 라오스는 그렇다 치고 이란이라고 하면 히잡 쓴 여인들, 총 든 군인 이미지뿐이라 다소 의외였다.

"서양의 손길을 덜 탄 곳이 좋아. 사람들이 순수해."

"호객하는 사람들도 없고, 관광지처럼 정신없지 않아."

"사람들에게 반할 테니 가게 되면 기대해."

"화려하고 멋진 문화유산에 깜짝 놀랄 거야."

공통적인 말들이었다. 프리지어 꽃을 스쳐 지나가기만 해도 향기가 폐부를 찌르듯, 이란행 기차를 타는 순간 이 말이 무엇인지 바로 알게 됐다.

기차는 창 옆에 통로가 있고 통로 한쪽 면에 분리된 칸이 방처럼 나뉘어 있었다. 각 칸에는 문이 달려 있고 2층으로 된 침대가 나란히 놓여 있어 네 명이 함께 탈 수 있었다. 성인 남자가 다리를 쭉 뻗고 누워도 될 정도로 길이와 폭이 넉넉했다. 나는 피곤했던 터라 푹 자고 나면 도착하겠지 싶어 잠을 청했다.

차장이 문을 열고 들어와 식사를 예약했는지 체크한 뒤 밥을 가져왔다. 기차표를 살 때 식사를 선택할 거냐고 물었고, 가격 차이가 컸던 터라 괜찮다고 했는데 살짝 후회가 됐다. 거리가 그다지 멀지 않다고 했으니 간식만 챙기면 되겠지 싶었는데, 그냥 푹 자고 나면 도착할 거라는 예상을 벗어나 하루를 꼬박 넘겼기 때문이다. 무려 저녁, 아침, 점심을 기차 안에서 먹어야 하는 장거리 여행이었다.

게다가 기차는 이란 국경에서 멈춰 꽤나 오랫동안 움직이지 않았다. 같은 칸에 탄 이란인 부부가 같이 식사를 하자고 권유했다. 괜찮다고 손사래를 쳤다. 몇 시간이 지났을까, 또 식사가 들어왔고 부부는 내 무릎까지 음식을 들이 밀었다. 한국의 '정'과 '엄마'가 떠올랐다. 말 한마디 통하지 않았지만 함께 저녁을 먹으며 '코리아' '터키' '이란' 등 단어 몇 개를 가지고 손짓 눈짓을 하며 소통했다.

밖이 어스레해지고 부부도 잠을 청하는 듯했다. 책을 읽고, 그림도 그리고 잠을 자고 이것을 몇 번 반복했는데도 목적지에 도착할 기미가 보이지 않았다. 허리가 아파 도저히 잠을 청할 수 없을 지경일쯤 기차 칸을 나왔다. 이미 동이 터 차창 밖의 풍경이 보였다. 풍경을 바라보며 스트레칭을 하고 있는데, 수염이 덥수룩한 한 이란 아저씨가 다가오더니 한국인이냐고 묻는다. 어떻게 아냐는 질문에 아저씨는 반갑게 인사하며 친구 아들이 이란 포스코에서 일하고 있고 한국말을 할 줄 안다고 했다.

나는 반가운 마음에 이란에서 어디를 여행할지 결정하지 못했다며 추천을 좀 해 달라고 했다.

"그럼 숙소도 안 정했겠네. 내 친구네서 자는 거 어때?"

이란 아저씨는 내가 뭐라 말을 꺼낼 틈도 없이 전화기를 꺼내 어디론가 전화를 했다.

"아까 말했던 포스코 다니는 자식을 둔 내 친구가 이스파한에 살아. 테헤란에서 버스 한 번 타면 돼. 거기서 묵어. 거기도 관광객들이 많이 가는 지역이야."

10분도 채 되지 않은 대화를 통해 즉석에서 이란 숙소와 여행지가 마련된 것이 어리둥절하면서도 안심됐다. 이란에 대한 어떤 정보도 접하지 못했고, 심지어 여행책조차 없는 무지의 상태로 가는 것이 다소 불안하던 참이었다.

기차에서 만난 아저씨의 추천으로 여행지는 그 즉시 이스파한으로 정해졌다.

"환전은 했어? 환전하려면 번거로우니 우선 이 돈 가져가."

아저씨는 심지어 버스 비용까지 내 손에 쥐여 줬다. 나는 놀라 그냥은 안 된다며 억지로 터키 돈을 쥐여 줬고 마지못해 받은 아저씨는 나를 버스 타는 곳까지 데려다 준 뒤 큰 손을 흔들었다. 이란에 도착했다는 감흥을 느끼지도 못한 채 테헤란발 이스파한행 버스에 올라탔다. 한국에서 온 '생전 처음 보는 누군가'를 기다리고 있는 곳으로.

"웰컴 웰컴. 반가워요."

노란 가로등 불빛이 전부인 캄캄한 밤, 버스에서 내려 두리번거리자 한 가족이 성큼성큼 다가왔다. 버스에서 만난 아저씨가 소개한 친구 부부와 포스코에 다닌다는 아들 나세르였다. 이국땅에서 온 손님을 반기는 그들의 즐거운 표정과 호의에 이동 중의 피로와 낯선 만남에 대한 걱정이 싹 사라졌다.

집에 도착하자 나머지 가족이 반짝이는 눈을 하고 여행자를 반겼다. 할머니와 남동생 둘, 아내였다. 여섯 명 모두 각자 하고 싶은 말이 많은 듯했지만 여행자를 배려한 듯 묵을 방과 화장실을 보여 준 뒤 내일 이야기하자며 사라졌다. 2층에 마련된 방에는 혹시나 배가 고플 여행자를 위한 간단한 요깃거리와 차가 쟁반에 놓여 있었다.

여행한 지 4개월째 들어 처음으로 나에게 오롯이 주어진 방이었다. 밤이 늦었지만 이란으로 오면서 받은 호의와 행운에 감격스러워 잠이 오지 않았다. 따뜻한 물에 샤워를 하고 아직 온기가 남아 있는 차를 마시며 노트를 펼쳤다. 사각거리는 얇은 펜의 느낌이 좋았다. '이란 도착' 이라는 글씨 뒤에 저절로 써지는 내용들.

'배려와 사랑으로 안전하게 도착했다. 앞에 무엇이 기다리고 있을까.'

아늑하고 여유로운 공간, 나만의 시간, 노곤한 몸의 긴장을 풀어주는 향기 좋은 차, 기대되는 내일. 한참 글을 쓸 수 있을 듯했는데 갑

자기 잠이 확 몰려왔다. 세상 모르게 잠을 자고 난 다음 날, 너무 조
용해서 깜짝 놀라 일어났다.

'내가 지금 어디지? 아….'

1층으로 내려가자 온 가족이 음식을 차려 놓고 여행자를 기다리
고 있었다.

"좋은 아침. 이란에서의 첫날을 환영해요!"

가족들은 두 팔을 벌려 막 잠에서 깬 외국인을 격하게 환영해 줬
다. 어제는 말없이 앉아만 있던 할머니도 아침 식사가 끝나갈 무렵부
터는 한두 마디의 영어를 사용하며 껄껄 웃기까지 했다. 본격적인 이
란 여행을 하기도 전에 나는 이미 알아 버렸다. 이란과 사랑에 빠졌
음을.

이렇게 페르시아 문명의 발상지인 이란을 기점으로 나는 기약 없
는 중동 여행을 시작했다. 첫 만남부터 이미 이란인에 대한 친밀감이
형성됐기에 이란의 모든 것이 좋았다. 그들의 친절함, 경건함, 아름
다운 문화·예술에 푹 빠졌다. 이란 여행을 하는 동안 주식인 빵을 거
의 사 본 적이 없다. 빵집 앞에 서 있으면 빵 굽는 이가 빵을 손에 들
려 주며 돈 내지 말라는 시늉을 했다. 행인에게 길을 물어보면 지나
가는 택시를 세워 상황을 설명해 주고 심지어 택시비까지 내 주는 경
우도 있었다. 택시 기사는 내가 가고자 하는 목적지에 도착한 뒤에도
주소를 한 번 더 확인하고 나서야 나를 안전하게 내려 줬다.

이란인들은 타지에서 온 손님을 집으로 초대해 식사를 대접하고 흔쾌히 숙소까지 제공했다. 나중에서야 알았다. 이슬람 경전 〈쿠란〉에는 '타지에서 온 손님은 천사가 변한 사람이므로 천사처럼 대해 줘야 한다'고 써 있다는 것을.

"다음은 어디로 갈 거야? 내 사촌 동생이 시라즈에 살아. 그 집에 가는 건 어때?"

"사촌 동생도 가족이 여기저기 살고 있으니 좋은 곳을 소개시켜 줄 거야."

이때부터 시작된 이란에서의 인연과 호의는 여행이 끝날 때까지 사람과 사람을 거치며 반복됐다. 〈쿠란〉의 말씀대로 살다 보니 DNA에 그대로 새겨진 건 아닐까 싶을 만큼 그들의 배려와 호의는 스스럼없었다. 이란을 다녀오고 나서 누가 '어디가 제일 좋았어?'라고 물으면 여행 초반 몇 년씩, 세계 여행을 다니던 사람들이 내게 한 말과 같은 답을 하는 나를 발견할 수 있었다.

"서구의 손길이 닿지 않은 곳, 이란을 꼭 가 봐."

그때 나오는 반응들은 어김없이 같다.

"뭐라고? 이란? 위험하지 않아?"

내가 이란을 가지 않았다면 여전히 내게 비친 중동, 이란의 이미지는 이슬람 무장 단체에 그쳤을 것이다. 텔레비전을 켜면 이슬람 사람들은 모두가 테러리스트인 양, 이슬람 국가들은 모두 전쟁의 공포에 떨고 독재 정치 아래에서 민주주의는 꽃도 못 피우며 사는 이들처럼 여겨진다. 특히 이슬람 하면 무장 단체, IS 같은 것들만 떠오른다. 아마 우리 선조들이 일제 강점기 때 나라를 되찾고자 폭탄을 던지고 자결하는 상황들이 서구 사람들의 미디어에 비쳤다면, 그들의 눈에 대한민국이란 곳은 테러리스트가 활보하는 무서운 곳으로 여겨졌을 거다. 삶을 들여다보고 교집합을 이루다 보면 그들의 상황과 현실, 정치, 가치관 등 여러 가지가 보인다.

내가 생각하는 가장 좋은 여행지는 풍경, 예술품, 음식도 큰 몫을 하지만 어떤 사람을 만나 어떤 경험을 하느냐에 따라 정해지는 것 같다. 여행을 꿈꾸거나 선택할 때마다 장소와 볼 것 외에 어떤 사람들을 만나게 될지 기대하곤 한다. 여행의 질이 달라질 것을 아니까. 그때도 10여 년이 지난 지금도 이란은 여전히 나의 사랑이요, 행복한 여행지다. 여행하기에 이보다 더 좋은 곳이 있을까.

이란: 세상의 절반

이스파한 여행의 첫날, 내 인생의 큰 변화가 일어날 아침임을 전혀 몰랐다. 여행자를 흔쾌히 받아 준 퇴역 군인인 나세르의 아버지가 이스파한은 문화의 도시로, 정말 볼거리가 많다고 하며 페르시아의 속담 하나를 들려줬다.

"이스파한은 세상의 절반이다."

세상의 모든 진귀한 것이 모이고 다양한 종교가 공존하는 살기 좋은 곳, '세상의 절반을 줘도 바꾸지 않겠다는 의미를 지닌 곳'이라는 것이다. 게다가 2006년, 이슬람 전체 국가의 문화 수도에 지정될 정도로 화려하고 깊이 있는 문화로 가득한 곳이었다. 이스파한에 왔다는 것이 감사하면서도 아무것도 모르는 것이 창피할 정도였다.

집을 나서는데 나세르가 종이 하나를 쥐여 줬다. 종이에는 페르시아어와 영어로 적힌 주소, 전화번호와 함께 약도가 그려져 있었다. 이곳이 생소한 여행자가 혹여나 집을 잃을까 배려한 마음이었다.

따뜻함을 한 아름 안고 추천해 준 이맘 모스크로 향했다. 집에서 그다지 멀지 않아 걸어갈 수 있는 거리였다. 모스크에 가까이 다가갈수록 나는 입을 다물 수가 없었다. 빼곡히 박혀 조화를 이루는 타일의 무늬와 색감, 형태의 화려함과 아름다움에 감탄사가 절로 나왔다. 전체적으로 짙은 푸른색을 띄는 모스크는 아름답다 못해 아찔할 정도였다.

모스크 입구의 벌집 모양 건축 형태인 '무하르나스'는 화려함의 극치였다. 터키에서 예쁘다 하는 모스크를 수없이 봤지만 이 같은 색과 화려함은 처음이었다.

넋을 놓고 보고 있는데, 히잡을 쓴 관광 가이드가 한 무리의 서양 관광객들을 데리고 모스크 안으로 들어왔다. 가이드 말을 귀동냥으로 들으니 햇빛에 변하는 돔 내부 돌기둥의 그림자를 보고 기도 시간을 알 수 있다고 했다. 돌기둥 그림자를 흘끗 보고 모스크를 한참 둘러보다가 문득 그 돌기둥 앞에 다시 와 보니 그림자가 아까와는 다르게 기울어져 있었다. 9시 반쯤 이맘 모스크 입구에 도착했는데, 벌써 2시간이나 지나 있었다.

밖으로 나와 보니 어느새 점심시간이었다. 이맘 광장에는 차도르와 히잡을 쓴 젊은 여성들이 돗자리를 깔고 앉아 도시락을 먹고 있었

다. 눈인사를 했더니 한 여성이 먹고 가라며 몸을 일으켰다. 나머지 친구들이 꺄르르 웃으며 함께 손짓을 했다. 인근 학교에 다닌다는 유쾌한 대학생들 덕분에 샌드위치 한쪽을 얻어먹고 신나게 길을 나설 수 있었다.

분명히 나세르가 그려 준 대로 왔던 길을 돌아가는데 낯선 골목들이 나왔다. 한참을 땀을 흘리며 길을 헤매던 그때, 한 무리의 청춘들이 호기심 어린 눈을 하며 큰 소리로 인사를 건넸다.

"안녕!"

"안녕, 나 길을 잃은 것 같아. 좀 알려 줄 수 있어?"

"아, 여기 이 근처이긴 한데, 우리가 지금 커피 마시러 가는 길이라…. 같이 갈래? 이따 데려다 줄게."

안도의 한숨을 쉬고 흔쾌히 만남을 즐기기로 했다. 체 게바라를 닮은 흑백 사진이 벽에 걸려 있는 카페는 아랍권 특유의 높고 낮음이 반복되는 음악이 깔리고 있었다. 내 사랑이란 의미의 아랍어 '하비비'가 반복되는 가운데 여섯 명의 젊은이는 예술을 전공하고 있는 대학생이라며 자신들을 소개했다. 그러고 보니 여학생들은 차도르를 쓰지 않고 심지어 히잡도 검정이 아닌 다양한 색으로 머리를 가리고 있었다. 한 친구는 앞머리를 둥글게 부풀리고 그 위를 살짝 덮어 노란색으로 염색한 앞머리가 반쯤 드러나 있었다.

한 여학생은 자신의 핸드폰에 있는 사진을 보여 줬다. 반나체의 가슴이 그대로 드러난 채로 모델 같은 포즈를 하고 있었다. 다른 사진에는 마치 속옷 촬영하는 모델처럼 남녀 여럿이 근육질과 날씬한 몸매를 뽐내며 하체 속옷 브랜드가 보이게 청바지를 입고 도도하게 카메라를 바라보고 있었다. 물론 히잡은 없었다. 성인 남녀가 함께 할 때 여성은 히잡을 벗으면 안 된다고 들었기에 깜짝 놀라며 바라보자 깔깔깔 웃으며 자신들이 요즘 진행하고 있는 작품이라고 덧붙였다.

지금까지 지녀 왔던 이란에 대한 많은 고정 관념이 깨지는 순간이었다. 예술가를 꿈꾸는 대학생들 덕에 무사히 집에 돌아올 수 있었다. 저녁 식사를 하며 오늘 있었던 이야기를 나누자 가족들은 그들 삶의 깊숙한 것들을 공유하기 시작했다.

"자, 이거 사촌 결혼식 때 찍은 동영상이야."

30년도 더 된 결혼식 동영상이 담긴 비디오를 보여 주고, 이란의 정치에 대해 설명해 줬다. 동영상에는 모두 머리를 드러내고 신나게 춤을 추고 있었다.

"어? 이때는 머리에 아무것도 안 둘렀네?"

"응. 1979년 이란 혁명 전에는 히잡도 쓰지 않고 모두 머리를 드러냈지. 중동에서 가장 개방적인 곳이었어. 미국 문화도 들어오고."

"오늘 만난 대학생들처럼 사실 많은 사람들, 특히 젊은이들은 미국을 선망하고 미국 문화를 좋아해. 정치권에서만 다루지 않는 이야기지."

눈을 찡긋하며 고개를 절레절레 흔드는 모습에서 현재의 정권에 실망과 아쉬워하는 모습이 묻어 나왔다.

"이란 속옷 가게에 있는 속옷이 야해서 깜짝 놀랐어."

나의 말에 여자 가족 구성원들이 깔깔대며 내 손을 이끌고 방으로 들어갔다. 히잡을 벗자 할머니의 노란색 머리, 나세르 엄마의 붉은색 머리가 드러났다. 내가 놀라자 개구진 표정을 지으며 옷장을 열어 보여 줬다. 옷장 속 서랍에는 빨갛고 노란 망사로 된 속옷들이 정렬돼 있었다.

겉으로 드러나는 것만 덜 화려해 보이지 실상은 그렇지 않다며, 이란에 살면서 매력적으로 꾸미는 것에 대한 이야기 삼매경에 들어 갔다. 패션에 관심 있는 여느 여성과 다를 바가 없었다. 한국 드라마 〈대장금〉의 장면을 컴퓨터 바탕 화면에 깔아 놓고 한국 드라마가 재미있다며 이야기 나눌 때는 영락없이 수다 떠는 동창 같았다.

"우리 가족은 내일이랑 모레가 여유로워. 괜찮다면 같이 조로아스터교 사원이랑 궁전에 다녀오고 저녁에는 야경을 보러 가자."

나세르 가족과 함께하는 여행은 유쾌했다. 위트 있는 아버지와 이를 고스란히 물려받은 아들들이 순간순간 농담을 건네고, 가족들은 이에 맞장구치며 한바탕 웃음바다가 됐다. 과거에 조로아스터교 사원이었다는 건축물 위에 올라서자 시원한 바람이 불어왔다. 다소 높은 지대에 자리하고 있었기에 이스파한의 풍경이 시원하게 내려다 보였다. 가족이 종종 바람 쐬러 오는 곳이라며 소개한 이곳에 관광객은 눈에 띄지 않았다. 저녁이 되자 야경이 멋지다고 추천한 카주 다리로 옮겨갔다. 다리 위와 아래는 가족 단위로 나온 사람들이 산책과 야경을 즐기며 휴식을 취하고 있었다.

"그 옆으로 서 봐. 어, 좀 더 뒤로."

주황색 조명 아래서 우리는 각자 모델이 돼 다양한 포즈로 사진을 찍고 찍어 주기에 바빴다. 집에 돌아와 나세르의 컴퓨터로 사진을 옮겨 주며 가족과 함께 하루의 여행을 돌아보았다. 사진으로나마 가족들에게 답례할 수 있음에 감사했다.

4일로 계획했던 이스파한에서 일주일을 넘겨 결국 2주를 머물렀다. 함께한 시간이 열흘을 넘기다 보니 마치 내가 나세르 가족의 일원이라도 된 듯했다. 오래전부터 이곳에 있었던 듯 익숙하게 빵을 자르고, 히잡으로 모양을 내고, 이스파한의 명물들을 함께 돌아다녔다.

감동을 줬던 장소는 낮과 저녁 최소 두 번씩 들렀고, 빛에 따라 달라지는 모습들을 감상할 수 있었다. 우리나라 경주와 같은 곳이랄까. 1,000년이 넘는 역사적 유물이 곳곳에 가득하고, 옛 선조들이 풍류를 즐기던 바로 그곳에서 후손들이 여전히 오늘의 아름다움을 즐기고 있었다.

노르웨이 : 혼자여서 행복한 여행

혼자 여행 다니기 시작한 것이 반년은 넘었을 텐데도 이동하는 시간은 늘 보물 같다. 특히 흔들림이 적은 기차나 비행기 이동은 횡재라도 한 기분이다. 딱히 봐야 할 것이나 해야 되는 일이 없기에 온전히 그 시간을 즐길 수 있다. 밀린 여행 일지를 쓰고 사진 정리하기 안성맞춤이다.

노르웨이에 도착해 시골 마을 헬레슐트로 향하는 버스를 탔다. 북유럽에서 버스를 타는 건 처음이었다. 큰 덩치의 버스 안에는 달랑 일곱 명의 승객이 탑승했다. 한 커플을 제외하고 나머지는 모두 혼자였다. 버스는 구불구불한 절경을 곡예하듯 내려갔다. 승객들은 대부분이 여행객인 듯했다. 다들 감탄사를 연발했다. 승객들의 탄성을 듣던 버스 기사는 "사진 찍을래요?"라고 묻더니 사람들의 동의를 얻고 버스를 멈췄다. 내려서 S 자의 구불거리는 산길과 하늘, 물길을 사진으로 담고 남는 시간에는 뻣뻣해진 몸을 스트레칭 했다.

헬레슐트로 가는 길에 버스는 수시로 멈춰 섰고 사람들은 사진을 찍어 댔다. 그렇게 가다 보니 한적한 시골 마을이 나타났고, 한두 명의 손님이 내렸다. 이러기를 몇 차례, 어느새 버스 안에는 운전사와 단둘이만 남았다. 버스는 단 한 명의 승객을 싣고 3시간 정도를 더 달렸다. 언덕이 더 이상 나타나지 않는 널따란 길로 들어서자 버스는 속도를 줄이기 시작했다. 헬레슐트에 도착한 모양이었다.

한낮에 출발했는데 이미 석양이 지고 있었다. 숙소를 어떻게 찾아야 하나 걱정했는데 버스 기사가 친절하게도 숙박 시설을 알려 주며 그 앞에 멈췄다. 감사하다는 말을 전하자 자신도 여기 묵는다며 나와 함께 안으로 들어갔다. 워낙 시골이고 먼 거리를 왔기에 하루 숙박하고 다음 날 돌아간다고 했다.

며칠 묵을 예정이라 급할 건 없었다. 숙소 앞 바닷가를 잠시 산책하고 돌아오니 세 명의 숙박객이 조용히 식사를 하고 있었다. 홍콩 여행객 커플과 호주 여행객 한 명이 전부였다. 공용 거실 창가에는 피아노 한 대가 놓여 있었고, 그 뒤로 소파와 작은 탁자가 나란히 자리했다. 하얀색 나무 창틀 너머로 바라보이는 바깥 풍경과 내부의 노란색 조명이 어우러져 운치가 있었다.

인사는 나누지만 굳이 말을 걸지 않으며 서로를 방해하지 않는 분

위기가 편했다. 평상시는 먼저 말을 건네곤 하지만 이날만큼은 여유를 누리고 싶었다. 각자 방에 들어가고 혼자 남은 거실에서 컴퓨터를 켜고 오늘을 마무리하는 글을 쓰기 시작했다. 햇살 아래 낮게 그르렁대며 만족감을 표현하는 고양이처럼 저절로 콧노래가 나왔다. 하루가 행복으로 켜켜이 채워지고 있었다.

　다음 날, 마을 어귀에서 카약 한 대를 빌렸다. 무료였다. 구명조끼를 입고 패들을 몇 차례 젓고 나니 물의 색이 검었다. 꽤나 깊은 모양이었다. 학창 시절 배웠던 '피오르'였다. 조금 더 앞으로 나가자 비닐 봉지가 떠다녔다. 자세히 살펴보니 해파리였다. 반투명한 몸을 흐느적거리며 움직이는 수많은 해파리가 카약 주위를 맴돌았다. 물은 잔잔했지만 색이 너무 진해 다소 긴장이 됐다.

방향을 돌려 마을로 향했다. 그런데 그 순간, 작은 돌고래 한 마리가 등을 보이며 스윽 헤엄쳐 지나가는 것이 아닌가. 영화에서나 나올 듯한 장면이었다. 또 지나갈까 싶어 카메라를 켜고 몇 분을 지켜보는데 다시 모습을 드러내지 않았다. 돌고래를 만났다는 기쁨에 설레는 마음을 안고 숙소로 돌아왔다. 홍콩에서 온 커플이 소파에 앉아 햇살을 쬐고 있었다. 눈인사를 하며 소파에 앉았다. 동양인이 많지 않은 곳을 여행하다 보면 동양인들끼리 친근함이 생기곤 한다. 커플은 이제 곧 결혼할 예정이라며 약혼 반지를 보여 주고 서로를 향해 미소 지었다. 각각 홍콩과 중국이 고향인 이들은 결혼하기 전 1년의 여행을 계획했고, 이제 곧 한 달이 돼 간다고 했다.

"연애할 때는 좋은 모습만 보이잖아. 장거리 마라톤과 같은 결혼 생활을 하기 위해서는 서로를 잘 알아야 한다고 생각했어. 아침부터 밤까지 함께 붙어 다니며 여행하다 보면 서로 이해하기 어려운 부분들도 분명 나올 거야. 그래서 여행은 서로를 맞춰 나가고 상대를 이해할 수 있는 좋은 기회라 판단했어."

스물넷, 스물여섯이라는 젊은 커플의 결혼관과 세계관, 삶을 살아가는 이야기를 듣다 보니 잘 만들어진 책 한 권을 읽은 기분이었다.

혼자 하는 여행의 묘미는 이런 거다. 옆지기나 친구를 배려할 필요 없이 여행지에서 만난 사람들과 스스럼없이 이야기 나누고 삶의 지혜를 들을 수 있다. 고민이 있으면 그대로 나누고 조언을 얻을 수도 있다. 그런 가운데 유레카를 외치기도 한다. 여행자는 아량이 넓은 편이다. 여행 중 만난 사람을 다시 만나지 않을 확률이 높고, 일상보다는 엔도르핀이 솟을 일이 많기 때문이다. 그래서 아량 넓은 여행자들 사이에서 홀로, 때로는 같이 있는 '혼자인 여행자'는 즐겁다.

인도 : 함께여서 든든한 그 길

바지가 필요했다. 아니 필요하다기보다 예뻐 보였다. 반은 현지인, 반은 여행자로 범벅된 인도 뉴델리 빠하르간지에서 여행자 티를 내고 싶었다. 통이 넓고 발목에 고무줄이 달린 일명 '알라딘 바지'들이 옷가게에 줄지어 걸려 있었다. 마음에 드는 색의 바지를 골라 가격을 묻고 있는데, 누군가 가게 주인과 나 사이의 흥정을 끊고 말을 걸어왔다.

"안녕하세요. 한국 분이세요? 그 바지 얼마래요? 저 옆 골목이 더 쌀 거예요."

고개를 들어 보니 20대 초반 정도로 보이는 한국 여자 하나와 남자 셋이 서 있었다. 그들 모두 알라딘 바지를 입고 있었다.

"어, 안녕하세요."

당시 흥정의 기술이라고는 약에 쓰려도 없는 나였기에 든든한 대군들이 수호해 주는 기분이었다. 하루 먼저 이곳에 왔다는 이들은 남자 둘을 제외하고 각기 혼자 여행을 와 숙소에서 만났다고 했다. 낯선 곳에서 의지할 누군가를 만난다는 것은 두둑한 지갑을 가진 것처럼 든든하다. 그들 덕분에 처음 지불하려던 가격으로 상의와 하의 세트를 구매하는 횡재를 했다.

　대학 동기와 함께 왔다는 남자 둘, 군대 제대 뒤 여행을 계획했다는 남학생 영준, 잠시 일을 접고 여행 왔다는 푸드 스타일리스트 구정, 직장을 관두고 대학원에 가기 전 시간을 내 여행 온 30대의 나. 서울과 부산, 경기도에서 인도로 모인 이 그룹은 마치 작정하고 만난 사람들처럼 의기양양한 모습으로 길거리를 쏘다녔다.

　정보를 열심히 찾아온 대학 동기 둘 덕분에 누가 정했는지 모르지만 '꼭 먹어야 할 1순위'라는 음식점에 들어갔다. 향신료와 야채, 고기가 함께 볶아져 나오는 쌀 요리 비르야니, 화덕에 구운 닭요리, 발효 밀가루 반죽을 납작하게 해 진흙 오븐에 구운 난, 요거트를 끼얹어진 야채, 차갑게 내어진 요구르트 음료 라씨 등으로 포식을 했다. 혼자였다면 결코 접할 수 없는 푸짐한 한 끼였다.

　저녁이 되자 숙소가 다른 '누님'을 데려다 줘야 한다며 방향이 반대쪽인 내 게스트 하우스로 함께 향했다. 그들은 가격 대비 컨디션이 좋지 않다며 내일 당장 숙소를 옮기라는 조언도 잊지 않았다.

다음 날 아침, 짐을 챙기고 있는데 그 네 명이 누님의 짐을 들어 주러 왔다. 꼬리뼈에서부터 머리까지는 족히 될 만큼 커다란 가방을 영준이 번쩍 메고 "따라오세요"라며 코를 찡긋 움직였다. 어제 저녁 길거리에서 산 망고 봉지만 가볍게 든 채 누님은 그 일행을 졸졸 쫓아갔다.

택시나 릭샤를 탈 때 혼자 치러야 할 비용을 나눠 부담하니 경비가 반으로 줄었다. 음식을 먹을 때마다 "너무 좋다"를 연발했다. 다양한 음식을 나눠 맛볼 수 있는 신세계였다. 이쯤되자 헤어지기가 아쉬웠다. 그들의 여행 경로와 내 여행 경로를 살펴보며 어디까지 겹치는지를 체크했다. 세 달을 계획한 누님과 길어야 한 달인 그들의 여행지가 얼마나 비슷할지를 긴장하며 살폈다. 다행히 대학 동기인 남자 둘을 제외하고 셋의 일정이 비슷했다. 게다가 요가 수업을 위해 리시케시로 간다는 말에 영준은 "그곳이 래프팅으로 유명해서 갈까말까 했는데 저도 가야겠어요"라며 일정을 변경해서 3주 동안 함께여행하게 됐다. 2주는 구정도 함께였다.

우리는 연착되는 기차를 하염없이 기다리며 인도 여행은 '기다림을 인내해야 한다는 것'이라는 원칙을 깨달았다. 여럿이기에 2시간 동안 가방을 맡기고 화장실을 다녀오거나 역사를 한 바퀴 어슬렁거릴 수 있었다. 시간이 점점 지나자 기차가 언제 올지 중간중간 고개를 들던 것조차 멈추고 짐을 베개처럼 베고 아예 드러누웠다. 결국 4시간이 지난 뒤에야 기차가 도착했다. 38도가 넘는 더운 날씨에 일행 없이 무거운 가방을 지키며 혼자 기차를 기다렸을 생각을 하니 아득했다.

소매치기를 조심해야 한다는 말에 복대를 차고 기차 의자에 앉았다. 처음엔 셋이 여유롭게 마주보며 앉아 있었는데, 점점 좌석이 꽉 찼다. 분명 두 명이 앉아 있어야 할 것 같은 자리에 합류하게 된 엉덩이들은 자리를 밀쳐 내며 공간을 채워 나갔다. 상황이 당혹스러우면서도 웃겼다. 이야기를 나누다 게임도 하고 노곤해지면 졸기도 했다. 이야기 주제는 떨어질 겨를이 없었다. 누군가 여행 관련 에피소드를 꺼내면 덩달아 각자의 보따리에서 온갖 이야기가 줄줄이 따라 나왔다. 각자 삶의 영역에서 많은 시간을 보낸 것들이 이야기의 주를 이뤘다.

몇 종류의 탈것을 갈아타고 나서야 드디어 인도 중북부의 카주라호에 도착했다. 작은 마을이지만 유네스코 세계 문화유산에 등재된 곳으로, 그 유명하다는 미투나상을 보기 위해서다. '미투나(Mithuna)'는 산스크리트어로 한 쌍의 남녀, 즉 성적 결합을 의미한다고 한다. 힌두 사원의 벽면에는 19금 영화에도 나오기 힘든 카마수트라의 장면들이 조각돼 있었다. 동글동글 탄력 있게 조각한 남신과 여신, 말 등이 가득한 벽 사이사이에 다양한 포즈의 성행위 부조를 숨은그림찾기라도 하듯 살펴봤다.

"어 저기도 있다."

"저것 좀 봐 봐. 장난 아니다."

다소 민망하지만 재미있어하며 사진을 찍고 둘러보느라 덥다는
것도 잊었다. 이날 한낮의 기온이 43도를 웃돌았다는 것은 저녁이
돼서야 숙소 주인을 통해 알았다. 다음 날, 자전거를 빌려 어제 둘러
봤던 미투나상이 있는 마을로 향했다. 사원도 좋았지만 근처 커다란
나무가 있는 마을의 풍경을 진득하게 맛보고 싶었기 때문이다. 자전
거를 타고 가는 동안 몇 번이나 갈증이 나서 계속해서 물을 마셨다.
보통은 하루에 물통 한 병이면 충분한데, 이날 따라 물을 두 병이나
마시고서도 목이 말랐다.

"어, 이상하네. 왜 이렇게 목이 마르지?"

배가 불러 물을 더 이상 마시지 못할 정도였다.

"언니, 이거 일사병 아니에요?"

"설마, 그렇게 덥지도 않았는데?"

혹시 하는 마음에 마을 어귀에서 동네 사람들에게 약국을 물었더
니 약국이 없다며 약국은 왜 묻냐고 했다. 물을 자꾸 먹는데도 목이
마르다고 했더니 단번에 이런 조언이 따라왔다.

"일사병이야. 물에 라임을 짜서 먹어."

영준과 구정이 나를 나무 아래 기대어 쉬게 해 주고는 어느새 라
임을 짜 넣은 생수통을 들고 왔다. 신기하게도 라임 물을 마시고 나

니 다음 날은 멀쩡했다. 얼마 뒤 이번에는 구정이 더위를 먹고 움직일 수가 없었다. 영준과 함께 구정을 챙기며 여행은 잠시 멈췄다. 몸이 안 좋을 때 누군가와 함께라는 것이 얼마나 감사한지, 이 인연에 저절로 감사했다.

건강을 되찾은 구정과 헤어지고 영준과 내가 향한 곳은 리시케시였다. 이곳은 히말라야 산자락과 갠지스강을 끼고 있는 인도 북부에 자리했다. 숙박과 요가 아쉬람 스테이를 신청하고 다음 날부터 요가 일정에 참여하기로 했다. 길에서 만난 누나 덕에 처음 요가를 하게 됐다는 영준과 하루 두 번의 요가를 하고 나머지 시간은 리시케시를 탐방했다.

인도 서사시에 나오는 형제의 이름을 본 땄다는 락시만 줄라와 람 줄라 두 다리가 갠지스강을 가로질러 놓여 있었다. 다리를 비롯한 곳곳에는 여행객의 물건을 노리는 원숭이와 물건 파는 상인, 구걸하는 어린아이 들로 가득했다. 덩치 큰 영준 덕에 해가 뉘엿한 저녁이나 밤에도 염려 없이 거리를 활보할 수 있었다.

인도의 수많은 성자가 거주하며 사원을 세우고 영적 공부를 했던 곳으로 알려진 리시케시. 그로 인해 요가와 명상을 공부하기 위해 각지에서 몰려든 인도인과 외국인, 현지인과 관광객 들이 쉴 새 없이 드나드는 곳이다. 그래서인지 현지인 가격과 외국인 가격이 때에 따라 천차만별이었다. 영준이 있고 없고는 물건 하나를 살 때도 차이가

났다.

　"브라덜, 쏘 익스펜시브. 노, 디스카운트."

　영준 특유의 부산 억양과 악센트로 물건을 흥정하면 대부분의 상인들이 웃음을 터트리며 제시한 가격보다 한참 아래의 돈을 받았다.

　시달리게 만들 정도로 집요하게 구걸하거나 가방 장신구를 잡아채는 아이들에 대해 서로 기분 좋게 대처하는 방법을 일러 준 영준, 가볍고 패셔너블하게 여행 옷 입는 센스를 전달해 준 구정. 한국에 돌아와서도 꾸준히 연락을 했고, 여전히 사는 모습을 공유하고 있다.

홀로 여행을 떠나 사람을 만났다. 처음부터 계획한 것이 아닌, 여행을 통한 함께하기 여행은 또 다른 기쁨이다. 든든하고 편하다. 각자 가진 정보와 장기를 공유한다. 그 와중에 흥정을 잘하는 사람이 있고, 길을 잘 찾는 사람이 있고, 각자 자신만의 여행 팁을 나눠 주기도 한다.

낯선 이와 친구가 돼 같은 목적지를 향하는 여행은 새로운 묘미다. 기대와 두려움을 동시에 주는 여행이기에 죽마고우가 아닌 길에서의 친구라도 금세 친해진다. 여행 중 만났기에, 헤어짐과 동시에 인연이 끊어질 수도 있고 오랫동안 함께 가기도 한다. 끝이 길든 짧든 '함께'하면 그 길이 '든든'해지는 경험은 여행을 매력적이게 만드는 또 하나의 요소다.

베트남: 하루를 만나도 가슴에 남는 친구

'카우치 서핑' 사이트에서 그녀를 검색했을 때부터 직감적으로 알았다. 피엔과의 관계가 한두 번의 인연으로 끝나지 않으리라는 사실을. 뭐라 설명하긴 어렵지만 필이 통했다고나 할까. 환하게 이를 드러내며 웃고 있는 프로필 사진에 보이는 눈빛이 반짝반짝했다. 장난꾸러기 같기도 하고 순박한 시골 소녀 같기도 한 모습.

'인생은 선택으로 이뤄진다. 내 모든 선택은 기쁨이다.'

무엇보다 자신을 소개하는 이 한 줄의 가치관이 내 가슴에 콕 박혔다.

'수많은 사람의 프로필을 읽어 봤고 그중 피엔을 찾게 됐다. 그저 이뤄지는 인연은 하나도 없다는 것을 안다. 당신을 만나고 싶다.'

마치 연인에게 보내는 편지처럼 피엔에게 편지를 보냈고 답변이

왔다. 환영한다고.

카우치 서핑 사이트는 보통 숙소를 제공받고 제공하기 위해 말을 주고받는 경우가 많다. 물론 취미 활동을 위한 모임이나 가벼운 차 한잔을 위해 만나기도 한다. 지금까지의 여행에서 단순히 얼굴을 보기 위해 연락한 것은 피옌이 처음이었다. 공항에서 베트남 핸드폰 심 카드를 사서 끼워 넣었다. 오로지 피옌과의 연락을 위해서였다. 배낭 하나에 모든 짐을 담고 숙소로 향했다. 도착해 2층 숙소에 짐을 풀고 있는데 카운터에서 직원이 올라왔다. 누군가가 나를 찾아왔다고.

하노이에서 마주하게 된 피옌. 한 시인의 시 구절에 나오는 '황혼 속에 수줍게 웃는 흰옷 입은 아가씨'가 떠올랐다. 1층 카운터 소파에 앉아 차 한잔을 하며 우리는 술술술 서로의 이야기를 풀어냈다. 여행과 카우치 서핑 이야기로 시작해 지금까지 어떻게 살아왔고 앞으로 어떤 삶을 살 것인지를 첫 만남에서 다 끄집어냈다. 나와 남의 이야기를 이렇게까지 깊이 있게 주고받다니. 이상하리만치 너무 자연스러웠다.

눈이 맑은 그녀는 8년 전 갓난아이를 데리고 이혼한 싱글 맘이라고 자신을 소개했다. 결혼하고 아이를 가진 지 얼마 지나지 않아 남편에게 다른 여자가 있다는 것을 알게 됐다며 어깨를 으쓱 올렸다 내렸다. 마음은 되돌릴 수 있는 게 아니었다며 아이를 낳고 뒤도 돌아보지 않고 이혼했다고 했다. 다른 사람에게 마음이 가 있는 남편을 보는 임산부의 마음이 어땠을까. 아이를 갖고 낳아 보니 임산부 시기는 사랑만 받아도 부족하다. 작은 것에도 마음이 다치고 감정이 움직인다. 지금은 저렇게 아무렇지 않게 이야기를 하지만 8년간 마음 비우기를 얼마나 했을까. 피옌을 안아 주고 싶었다.

피옌의 말을 빌리지 않더라도 그녀는 일반적인 베트남 사람들이 보기에 기가 센 여자였다. 아시아에서 태어난 여자들에게 '이혼'과 '싱글 맘'에 대한 사회적 편견은 만만치 않다. 게다가 많이 배우기까지 한 가방 끈 긴 여자다. 갓난아이를 부모에게 맡기고 석사 과정을 끝마쳤고 이제는 해외로 박사 공부를 하러 갈 예정이라고 했다. '많이 배우고 똑똑한 것처럼 보이지만, 헛똑똑이 독한 싱글 맘'이라는 남들의 눈 흘김에도 그녀는 상처받지 않고 지나쳤다며 머리를 한번 쓸어 넘겼다.

"한 번뿐인 삶을 매 순간 아름답고 즐겁게 살기로 선택했거든."

"오 마이 갓."

나와 동일한 사고 방식과 삶의 모토를 지닌 그녀를 어찌 사랑하지 않을 수 있겠는가.

은행에서 일하는 피옌은 일하는 시간 동안 아들을 친정 엄마에게 맡기기 위해 하노이로 이사 왔다고 했다. 주말이지만 잠시 아이를 엄마에게 맡기고 왔다며 시계를 흘끗 바라봤다.

"오늘 밤 혹시 일정 없으면 길거리 맥주집에서 술 한잔하지 않을

래? 아들은 데리고 나와야 해.”

그녀의 말에 단 1초의 망설임도 없이 알겠다고 했다.

밤 9시. 1분의 늦음도 없이 정확한 시간에 숙소 앞에 도착한 피옌은 수줍어하는 아들을 인사시켰다. 피옌을 닮은 쌍꺼풀 진 커다란 눈에 숨길 수 없는 장난기가 담겨 있었다. 피옌은 오토바이 앞에 아들을, 뒤에는 나를 태우고 베트남의 저녁 거리를 가로질렀다.

낮과 밤의 하노이 거리는 사뭇 달랐다. 낮의 활기는 생활 전선에 뛰어든 사람들의 애씀이 묻어 있다면, 저녁의 생동감은 물 만난 고기처럼 싱그러운 여유와 안도로 가득했다. 낮에 술집이 많이 보이지 않았던 이유를 알았다. 거리의 술집은 낮은 플라스틱 의자를 도로에 주욱 늘어놓으면 끝이었다. 술집의 벽에 늘어지게 걸려 있는 과자 중 몇 개를 골라 피옌의 아들에게 건넸다. 리틀 피옌은 의자에 앉아 쑥스러운 듯 웃음을 날리며 엄마 치마를 감싸고 앉아 과자를 먹었다.

낮에 다 하지 못한 이야기들이 두루마리 화장지처럼 서슴없이 풀어져 나왔다.

“은행 일만 10년째야. 홍보를 비롯해 다른 일도 해 보고 싶어서 호주 대학에서 입학 허가를 받았고 수속 밟는 것만 남았어. 가는 건 문제가 아닌데 엄마와 떨어져 있을 아들이 걱정이야.”

엄마의 성장에는 자식이 큰 몫을 하면서도 부담으로 다가오는 것이 현실이다. 피옌에게 하는 말이면서 스스로에게 자주 되뇌는 말을 했다.

"가능성만 찾자."

술을 좋아했으면 부어라 마셔라 했겠지만, 둘 다 시원하게 목을 축이는 것으로 만족했다. 맥주 한 병으로 2시간이 훌쩍 지나갔다. 너무 늦은 밤은 엄마를 기다리며 눈을 말똥말똥 굴리고 있는 아이에게 미안했기에, 저녁 마실도 이즈음에서 끝내기로 했다. 피옌은 잠시 망설이다가 내게 말했다.

"하노이를 떠나기 전날 우리집에서 저녁 먹을래?"

일상적인 만남이었다면 괜찮다며 사양했겠지만 피옌의 초대는 진심이 느껴졌다. '실례를 무릅쓰고'라는 단어 따위는 떠오르지 않았다. 일주일 뒤 다시 만나기로 약속했다. 가느다란 피옌의 허리를 꽉 잡고 곡예하듯 좁은 골목들과 도로를 지나 숙소로 가는 길이 가슴 벅찼다.

아담하면서도 깔끔한 집이었다. 피옌의 아들이 함께 나를 맞이했다. 세 번째의 만남에서는 이 지구별에서 우리가 어떤 삶을 살 것인지를 진지하게 나눴다. 베트남을 떠나 그 어디에서도 일할 수 있다는 이야기를 하며 피옌은 눈을 반짝였다. 아들 역시 자유롭게 공부할 수 있으면 좋겠다는 말도 덧붙였다.

"한국으로 유학 보내게 되면 말해. 내가 대모가 돼 줄게."

그녀의 아들이 한국에 온다면 많은 것을 지원해 주고 싶다는 마음이 내 안 깊은 곳에서 우러나왔다.

"유학 생각은 안 해 봤는데, 그럴 수 있다면 너무 좋을 것 같다."

우리는 초등학교도 들어가지 않은 피옌의 아들이 어느새 커서 한국에 유학 가는 것까지 상상하며 신이 나 여러 가지 가능성들을 나누기 시작했다. 자신의 미래를 이야기하는지 모르는지 피옌의 아들은 얌전히 앉아 엄마와 엄마 친구의 말을 눈으로 관찰하며 밥을 먹었다.

훌쩍 서너 시간이 흘러 버렸다. 마지막 인사를 하며 따뜻하게 서로를 안아 줬다. 감사와 감동의 눈물이 고였다. '말하지 않아도 안다'는 말을 평상시 별로 써 본 적이 없다. '다른 사람의 마음은 말을 해야 안다'는 주의였으니까. 하지만 피옌에게는 '말하지 않아도 안다'고 하고 싶었다. 그 눈만 들여다봐도 고개가 저절로 끄덕여지기에. 피옌도 같은 느낌이었을까. 포옹을 풀고 나서도 우리는 한참을 바라보며 서로 고개를 끄덕였다.

하노이에서 딱 세 번, 그녀와 얼굴을 맞대고 이야기를 나눴다. 길지는 않았지만 우리는 각기 다른 삶의 여정을 이해하고 서로의 삶에 감동했다.

내게 베트남 하노이는 '피옌'으로 기억될 것 같다.

이스라엘: 쇼햄의 집에서 정리를 배우다

이스라엘에서 쇼햄의 집에 머물 때다. 정리 정돈을 어찌나 깔끔하게 잘하던지, 감탄이 저절로 나왔다. 모든 물건들이 제삼자가 봤을 때도 제자리에 있다는 것을 단번에 알 수 있었다. '프린트 이면지는 책장 우측 선반에 보이고' '포크와 칼은 아마 여기에?' '이 물건은 이쯤에?' 하고 예측한 뒤 쇼햄에게 물건의 자리를 묻고 서랍이나 찬장을 열면 어김없이 그 자리에 있었다. 넘치지도 부족하지도 않을 만큼의 물건들이 딱 존재해야 하는 장소에 자리했다.

마음대로 써도 된다는 말에 냉장고를 열었다가 잡지에서나 볼 듯한 색색의 과일들이 투명한 통에 담겨 있는 '광경'을 목격하기도 했다.

"오 마이 갓!"

감탄을 넘어 경이로워하는 내 표정을 보며 쇼햄이 말했다.

"과일을 사면 껍질이 단단한 것은 미리 씻어 물기를 제거해 냉장고에 넣어 둬."

매번 먹을 때마다 씻기 번거로우니 며칠에 한 번씩 장을 보면 이렇게 정리한다는 것이다. 며칠 뒤, 장을 봐온 쇼햄이 자두와 오이를 씻어 행주로 깨끗이 닦더니 마른 행주 위에 가지런히 놓고 잠시 말리고 있는 장면을 목격했다. 재미있어하며 사진 찍는 것을 보더니 냉장고 관리법을 알려 주기 시작했다.

"3~4일에 한 번씩 장을 보면 늘 신선한 음식을 먹게 되더라고. 장보러 가기 전에 냉장고를 한 번씩 닦으면 냉장고 대청소할 일이 거의 없어."

우리 집을 방문하면 어김없이 냉장고를 열어 정리해 주는 친구가 오버랩됐다.

"이거 먹는 거야? 안 먹을 거면 버려. 그리고 딱 먹을 만큼만 사."

'그 친구의 말을 실천하는 사람이 여기 있구나.'

사회생활을 하면서 남의 집에서 잠을 자고 그 집을 관찰하기는 여행을 통해 처음 하는 거였다. 특히나 쇼햄의 잘 정리된 살림살이는 그간 여행하며 거쳐 온 평범했던 몇몇 집과는 달리 충격이었다. 크기별로 칼을 나란히 정리할 수 있는 벽의 자석 보관대, 회전용 소스 팬정리대 등 한국에서는 보지 못했던 물건들까지 합세해 내 눈을 더욱 휘둥그레지게 했다.

"조리대 편하게 써. 내 요리는 내가 할게."

쇼햄은 집의 느낌 그대로 사람을 대하는 태도 역시 깔끔했다. 부드러운 눈웃음으로 귀가하는 여행자를 맞이했다. 먼저 말을 걸지 않으면 꼬치꼬치 묻지 않았다. 여행자의 삶에 훅 들어오는 다른 호스트들과 달리, 쇼햄은 귀 기울여 주고 기다리고 꼭 필요한 질문만 했다. 마치 내 마음속을 들여다보고 있는 것처럼.

어느 날은 다음 이동 장소에 대해 묻고 아침에 기상했더니 책상 위에 A4 용지 하나가 놓여 있었다. 밤새 인터넷 검색을 했던 모양이다. 프린트된 지도가 담긴 A4 용지에는 일일이 그림을 그려 방문하면 좋은 곳, 그곳만의 특색 등이 담겨 있었다. 그렇게 한참을 보고 있는데 너무 조용해서 둘러보니 쇼햄이 거실벽 한쪽에서 물구나무서기를 하고 있었다.

"우아, 뭐 하는 거야?"

"응, 매일 시간 정해 놓고 이렇게 몸을 움직여 줘. 주로 요가를 하지. 재택 근무하니까 게을러질까 봐 몸 관리를 더 철저히 하고 있어."

쇼햄의 삶은 그의 단단한 몸매처럼 군더더기가 별로 없어 보였다. 건축 설계사와 인테리어 디자이너인 자신의 일을 사랑하며 하루를 유유자적 즐기는 모습이 인상적이었다.

"늘 일이 이렇게 여유로워?"

"음, 여유로워 보이나? 일할 땐 열심히 하지. 급한 일이 들어오면

밤을 새우기도 해. 그래도 예전처럼 하루 종일 일만 하지는 않지."

프리랜서를 선언하기 전에는 워커 홀릭이었다며, 지금의 여유를 즐기게 된 건 1년이 채 되지 않았다고 했다.

"며칠을 밤새 일하고 집에 왔어. 몸은 피곤한데 잠이 안오더라고. 새벽에 바닷바람을 맞으며 걷다가 그런 생각이 들었지. 바다가 좋아서 바닷가에 집을 마련했는데, 여기 언제 마지막으로 왔지?"

쇼햄은 왼손을 양 눈썹에 대고 문지르며 하던 말을 이어 나갔다.

"그리고 결심했지. 일과 삶을 즐겨 보자고. 굳이 그렇게 빡빡하게 살지 않아도 괜찮을 거 같더라. 퇴사 뒤 카우치 서핑을 통해 세계 친구들을 만나게 됐어. 그리고 너도 여기 온 거고."

천정에 매달아 놓은 봉을 잡고 턱걸이를 몇 개 하더니 덧붙였다.

"내일은 하루 종일 쉴 거라 했지? 와인 한 병 사 왔어. 같이 먹자."

다음 날은 쇼햄의 제안대로 다른 공간을 공유하고 있던 또 다른 카우치 서퍼와 함께 요리를 하고 와인 한잔씩을 기울였다. 스페인에서 왔다는 그는 나보다 앞서 이틀을 더 머물고 있었다. 사진을 배웠다며 전문가처럼 카메라를 조작하고 찍어 주는 쇼햄 덕분에 카우보이 모자와 와인 잔 등을 소품 삼아 멋진 사진을 얻기도 했다.

공간은 사람을 닮는다. 좋고 나쁜 것은 없지만 여러 집에서 머물며 내가 선호하는 공간이 무엇인지 알게 됐다. 쇼햄을 만난 뒤 매일 조금씩 정리하고 치우는 습관을 들이기로 했다. 여행 중에도 숙소에 도착하면 가방 속 물건들을 내가 정한 제자리에 놓고 사용했다. 가방을 쌀 때도 제자리에 있는 물건들에 번호를 붙여 순서대로 넣으니 시간이 단축됐다.

한국에 돌아와서는 살림살이가 나아졌다. 설거지를 마친 접시들은 물기가 마르면 곧바로 찬장으로 들여놓았다. 자기 전 거실에 쌓아 둔 물건들, 낮 동안 사용한 것들도 제자리에 두기 시작했다. 아침에 일어났을 때 깔끔한 거실을 마주하게 되자 기분이 좋았다. 냉장고 역시 수납 도구를 사용해 정리하고 물건을 꽉 채우지 않게 장을 보기 시작했다. 냉장고 문을 열기가 즐거워졌다. 한눈에 보이니 요리할 마음이 났다. 시간도 절약됐다.

주위가 정리되니 삶도 꼭 필요한 것, 중요한 것 위주로 정리됐다. 물론 하루아침에 이뤄진 결과는 아니다. 여전히 잘 정돈된 쇼햄의 집과는 비교할 수 없다. 물론 아직도 '무언가 부족한' 정리 정돈으로 답답할 때가 있다. 다만 이렇게 하나씩 연습하다 보면 '깔끔한 공간'에서 살 수 있으리라는 것을 안다.

가지런한 냉장고 서랍, 빈 구획이 있는 서랍과 책장, 딱 필요한 만큼만 있는 물건들. 쇼햄을 통해 유유자적할 수 있는 여유로운 시간과 공간은 물리적인 노력에 의해 가능하다는 것을 배운 값진 경험이었다. 내 삶의 공간이 조만간 다른 이들에게 어떤 경험과 배움을 줄 수 있을 거란 기대도 해 본다.

3장 **여행자의 기본 자세**

설렘 : 내가 만난 세상들

#공항

공항에는 그곳만의 독특한 분위기가 있다. 전 세계 어느 공항이든 마찬가지다. 떠나는 사람들과 도착한 사람들. 비행기를 기다리든 아직 갈 곳을 정하지 못해 머물러 있든, 바닥이나 의자에 기대고 앉은 사람들 모두 각양각색의 모습을 하고 있다. 따뜻한 바닷가에서 왔음직한 화려한 꽃이 그려진 반바지에 슬리퍼를 신은 사람, 가을 분위기가 물씬 풍기는 점퍼에 스카프를 두르고 있는 사람 들이 섞여 있곤 한다. 도무지 계절을 알 수 없는 차림새들이 뭉뚱그려져 있다. 공통점은 대부분 커다란 가방을 한두 개씩 옆에 끼고 있다는 점이다.

어딘가로 가려는 '나'는 흥분과 설렘을 안고 공항의 정취를 한껏 끌어안는다. 어떤 이유로 떠나든 그 순간은 일상의 나와는 다른 존재가 돼 있다. 나에게 있어 여행은 공항으로 들어서는 순간부터다. 공항에서 할 수 있는 일은 손가락 발가락으로 세고도 모자르다. 그중 몇 가지를 꼽아 보자면 첫째, '글쓰기'나 '책 읽기'다.

웅성웅성 소음이 뒷배경처럼 깔리는 공항은 이야기를 읽고 쓰기에 괜찮은 장소다. 특히나 글이 잘 안 써질 때 고개를 돌려 사람들을 관찰하다 보면 어느새 새로운 이야기가 컴퓨터 스페이스 바 뒤로 줄줄이 나오기 시작한다. 공항은 무한한 영감을 불러일으키는 장소임에 분명하다.

둘째, '면세점 구경하기'. 마케팅 일을 하는 한 선배가 이런 이야기를 한 적 있다.

"나는 시간이 남으면 근처 백화점이나 큰 마트 같은 곳에 들려. 새로 나온 제품은 뭐가 있나 둘러보려고. 거기서 얼마나 많은 아이디어들을 얻을 수 있는지 몰라."

패션 디자이너 사촌 오빠가 한 말과도 오버랩됐다.

"시간 날 때마다 백화점을 가 봐. 최고의 엘리트들이 전시해 놓은 물건과 공간 들을 보라고. 얻을 것이 한둘이 아니야."

공항을 둘러보면서 눈에 띄는 아이디어 상품이나 전시돼 있는 모습 들을 사진으로 담는다. 신선한 물건들을 가장 돋보이게 진열해 놓은 모습을 그저 보기만 해도 삶에 활력과 아이디어가 생겨날 때가 종종 있다.

셋째, '미뤄둔 것 하기'. 공항에서는 은근 기다리는 시간이 많다. 한번은 비행기를 놓칠 뻔한 적이 있다. 공항 체크인과 기다리는 줄에 대해 시간 계산을 잘못한 터였다. 그때 정말 007 작전을 방불케 했다. 무전기를 든 직원들이 나와 함께 뛰었던, 그 떠올리고 싶지 않은 땀나는 순간. 그 뒤로는 오래 기다리더라도 비행기를 놓치는 것보다 낫다는 결론으로 공항에서 보내는 시간이 늘었다.

여행을 앞두고 해야 할 것이나 하고 싶은 것들이 있는데, 시간이 부족하거나 여유를 부리고 싶을 때면 노트에 리스트들을 적어 놓는다. 가령 '부족한 잠 자기' '그림 그리기' '음악 듣기' '여행지 정보 찾기' '공부하기' 등이다. 재미난 것은 일상에서 이런 것들을 할 때는 시간이 부족한데, 공항에서는 이 모든 것을 다하고도 시간이 남는다는 것이다. 공항에서의 시간은 일상의 시간과 다르게 흐르는 걸까? 거참, 미스터리다.

마지막으로 '함께 비행기 탈 사람을 찾아 미리 정보 공유하기'다. 혼자 여행하는 사람에게는 여행 정보 귀동냥이 필수일 때가 있다. 매우 열심히 여행지를 탐색한 여행객이나 현지에 사는 로컬 사람으로부터 몇 가지의 정보를 얻기라도 하면 천군만마를 얻은 듯 안심이 된다.

공항은 설렘을 안고 들어서고 설렘을 안고 나온다. 그 안에서의 시간들은 연말 보너스 같은 것이다. 덤으로 나오는, 하지만 당연하게 기대하는 보너스. 다음 번 여행의 보너스는 무엇이 될까.

#숙소

여행자가 아낄 수 있는 최고의 경비는 숙박비다. 출장 외에는 가성비 따질 것 없이 가장 저렴한 숙소를 찾아다녔다. 숙소에 대한 기억은 프랑스로 거슬러 올라간다. 영국에서 도버 해협을 건너 프랑스에 도착했다. 파리 친구 집을 거쳐 프로방스로 여행을 가는 도중 유스 호스텔에 머물렀다.

그곳 식당에서 키가 150센티나 될까 하는 아담한 체구의 백발 할머니를 보게 됐다. 막 식사를 마치고 자신의 몸을 반 이상 가릴 만큼 커다란 배낭을 등에 짊어진 채 길을 나서시려는 모양이었다. 20대로 보이는 손님들이 대부분인 유스 호스텔에서 할머니의 모습은 시선을 뗄 수 없을 만큼 강한 인상을 줬다. 에너지 넘치는 젊은이들 사이에서도 할머니의 포스는 남달랐다. 할머니 곁으로 가 인사를 나누고 혼자 배낭여행을 하게 된 계기를 묻고 싶었으나, 잠시 머뭇거리는 사이 할머니는 빠른 걸음으로 문을 열고 나가셨다.

'나도 백발 할머니가 돼서도 저렇게 배낭을 짊어지고 여행을 하리라.'

이런 내 20대 시절 다짐은 '나 혼자 대신 남편과'로, '무거운 배낭 말고 단출하게'로 확장됐지만 그 본질만은 지금도 변함없다.

여행을 할수록 숙소에 대한 생각은 확장됐다. 저렴한 게 중요했지만, 때로는 가격보다 경험과 안락함을 추구해야 하는 경우도 있다. 이집트 다합의 하루 3,000원짜리 게스트 하우스에 있던 침대는 누울 때마다 프레임이 삐걱거리고 매트리스 한쪽이 푹 꺼지기까지 했다. 딱 잠만 자는 용도였던 거다. 한 달 넘게 머물 예정이라 방의 컨디션보다 가격이 중요했다. 하지만 막바지에 들어서 하루 이틀 정도는 그나마 좀 나은 데서 자야겠다 생각하고 세 배 비싼 1만 원짜리 방으로 옮겼다. 널찍한 침대 두 개가 붙어 있었다. 짐을 내려놓고 침대에 누웠는데, 매트리스가 평평한 것이 어색할 정도였다. 2주 넘게 푹 꺼진 매트리스에서 어떻게 버텼는지 신기했다.

　또 한번은 미국 할리우드에 출장 겸 여행을 다녀오게 됐을 때다. 생애 처음으로 고급 호텔에 머물렀다. 호텔 식당에서 만나는 사람, 엘리베이터를 오가며 마주치는 사람 들의 차림새가 배낭 메고 머물던 유스 호스텔이나 게스트 하우스와는 차이가 났다. 분위기 자체가 달랐다. 방 역시 따뜻한 조명과 푹신한 거위 털 이불만으로도 나가기 싫을 정도였다. 비용은 다합의 후줄근한 방과 100배 이상의 차이가 났다. 가난한 여행자의 신분으로는 선뜻 머물 수 있는 곳은 아니었으나 머물고 싶은 곳이었다. 여행자는 고단하다. 낯선 장소에서 잠을 자고 길 위에서 헤매기 일쑤다. 그렇기에 가끔은 돈을 떠나 머물고 싶은 곳에 머무는 용기도 필요하다.

터키 카파도키아에서 머문 동굴 호텔은 타 지역에서는 쉽게 접할 수 없는 동굴을 파 만든 숙소였다. 촛불과 벽난로가 운치를 더해 주는 아늑한 동굴은 한 번쯤은 경험하라고 추천하고픈 멋을 간직하고 있었다. 일반 숙소에 비해 몇 배 이상 비싸지만 그 경험을 돈 주고 살수 있다면 과감히 도전해 보라고 여행자들에게 추천하곤 한다.

이스라엘 여행을 할 때 몸이 심하게 아팠던 적이 있다. 현기증이나서 움직이지도 못했다. 다행히 여행 중 알게 된 친구 집에 머무르던 중이었다. 아픈 나를 위해 친구는 기꺼이 자신의 침대를 내줬다. 온종일 누워만 있다 눈을 돌려 보니 사각거리는 밝은색 이불과 하늘색 페인트로 칠한 벽, 커다란 창문이 눈에 들어왔다. 이집트 다합의 창문도 없는 다 꺼진 침대에서 아팠다면 얼마나 서글펐을까 싶었다.

아무리 편해도 돈에 대한 부담이 있는 채로 쉬는 호텔은 '역시 오지 말 걸 그랬어' 하는 후회가 된다. 반면 후줄근한 침대에 누워 '여기까지 왔는데 저 건너편에 보이는 유명한 숙소를 한번 못 가 봤네'라고 아쉬워한다면 잠이 잘 올 리 없다. 저렴한 곳이든 세계 일류의 호텔이든, 심사숙고해서 결정했다면 그 경험치를 온전히 받아들이는 게 중요하다. 숙소에 대한 단상은 나이와 경험치가 쌓일 때마다 업데이트가 된다. 여전한 것은 마음이 쉴 수 있는 내 깜냥만큼의 숙소가 내게 주어진다는 것이다.

배움: 여행지에서의 배움, 요리

여행 중 한 지역에 오래 있게 되는 경우는 주로 '배움' 때문이었다. 여행을 다니며 많은 것들을 배우고 익혔다. 매듭짓기, 요가, 요리, 패러글라이딩, 스쿠버 다이빙 등. 배움은 즐겁다. 특히나 바로 활용할 수 있는 요리는 즐거움이 배가 된다.

영국 숙소에는 오래된 옛날식 오븐이 있었다. 스코틀랜드 출신 주인 할아버지의 40년이 넘은 올리브색 오븐은 1층 주방의 한자리를 차지하고 있었다. 3층 공동 주택의 모든 세입자가 주방을 공유할 수 있었지만, 대부분이 파스타를 삶아 시판 소스를 얹어 먹거나 샌드위치 따위로 끼니를 해결했다. 그런 덕분에 조리대와 오븐은 온전히 내 차지였다. 요리를 해 본 적 없는 생초보에게 주방 하나가 통째로 생긴 것이다. 이 골동품을 작동시키려면 최소 2분은 걸렸다. 우선 성냥을 켜서 불을 일으킨 뒤 부싯돌 역할을 하는 버튼을 누르며 성냥을 오븐 안쪽으로 던져야 한다. 초반에는 한번에 오븐이 작동되는 경우가 거의 없었다. 불을 붙이는 요령이 없어 많게는 다섯 번까지 성냥을 켠 적도 있었다.

칼을 잡아본 적도 없는 초보 요리사는 오븐을 본 뒤 신세계를 접했다. 영국 텔레비전을 켜면 제이미 올리버를 비롯해 유명 요리사들이 만드는 음식 프로그램들이 끊임없이 방영됐다. 손이 많이 가지 않아도 근사한 요리가 뚝딱 완성되는 것을 보며 요리를 따라 하기 시작했다. 성냥갑 속 성냥이 줄어드는 것이 눈에 띄게 보일 정도였다.

매일 지하철역 앞에서 그날의 무가지를 집어 들면 제일 먼저 펼치는 곳은 '오늘의 요리' 코너였다. 간단한 그림과 함께 재료, 요리 방법이 적혀 있는 손바닥만 한 코너. 'Season'이 계절인 줄만 알았는데, 'Seasoning'이라고 하면 양념이 된다는 걸 처음 알았다. 식재료와 향신료 이름, 조리법에 관한 단어들을 접하다 보니 어느새 음식 프로그램 속 모든 단어가 들리기 시작했다. 늘어난 영어 단어 양만큼 도전하는 요리들이 많아졌다. 식재료도 제법 늘었다.

세계 각지에 모인 다국적 친구들 덕분에 각 나라의 요리를 배울 수 있는 기회도 많았다. 동유럽 가정식이라는 소고기, 감자, 양파 등이 큼직큼직하게 들어간 토마토 스튜, 우유를 끓여 만든 치즈를 둥글게 굴린 뒤 향신료가 들어간 물에 데쳐서 달달한 소스를 뿌린 인도

디저트, 기버터(정제 버터)에 볶은 채소를 국적 불명의 소스와 함께 버무린 채식 콩고기 요리.

그중에서도 가장 인상 깊었던 것은 중국에서 식당을 운영했다는 친구가 소개한 기름에 바싹 튀긴 사천식 생선 요리였다. 성인 남성 팔뚝만 한 생선 한 마리를 기름에 반쯤 잠기게 튀기면서 옆에서는 커다란 웍에 잘게 썬 생강과 콩이 그대로 보이는 소스 등을 볶았다. 웍에 불이 붙어 '화아악' 소리를 내자 친구는 웍을 흔들어 불맛을 낸 뒤 생선을 그릇에 담고 그 위에 소스를 부었다. 통째로 씹히는 콩과 생강이 어우러진 뜨거운 생선 요리는 며칠 동안 그 맛이 머릿속에서 가시지 않을 정도였다. 한국에 돌아와 몇 번 시도해 봤지만 그때 그 맛이 나지 않았다.

영국에서 시작된 요리에 대한 호기심은 이후 더욱 확장됐다. 가는 곳마다 흥미로운 요리와 맛을 발견하면 어떻게 만드는지 묻기 시작했다. 인도 북부 여행 중 티벳 친구 타시소모를 사귀게 됐다. 20대 초반의 그녀는 한국에 관심이 많다며 자신의 집으로 점심 식사 초대를 했다. 그녀의 어머니는 빙긋 웃으며 우리나라 수제비와 비슷한 음식을 내오셨다. 호박이 들어간 음식인데 쫄깃하면서도 그 깊은 맛이 자꾸 숟가락을 들게 했다. 국물까지 남김없이 다 마시고 나서 만드는 법을 물었다.

"그러면 내일 한 번 더 올래? 어떻게 만드는지 알려 줄게."

그 일을 계기로 여행하는 곳마다 요리를 배우게 됐다. 인도 다람살라에 머무는 동안에도 요리 수업을 기웃거렸다. 마침 일주일 프로그램을 진행한다는 전단지를 발견하고 부리나케 신청했다. 운 좋게도 선생님은 인도 텔레비전 프로그램에도 나왔던 유명 요리사였다. 일주일 동안 매일 인도 향신료, 조리법을 배우며 인도 음식들을 만들었다. 향신료들을 맛보고 향기를 맡으며 각각의 특성들을 이해해 나갔다.

인도 음식 조리법은 빵을 제외하면 튀김과 볶음이 위주였다. 완두콩, 감자, 고기 등을 밀가루 반죽에 넣어 삼각형으로 튀긴 사모사, 콜리플라워와 감자가 들어간 토마토 소스의 알루고비, 볶은 시금치와 치즈에 각종 향신료를 넣고 끓인 빨락빠니르, 요구르트 음료 라씨에 이르기까지 우리나라의 된장찌개나 김치찌개 같은 인도 대표 음식들을 접하기 시작했다. 하나라도 놓칠 새라 동영상으로 요리법을 촬영하고 재료를 일일이 적었다. 한국의 집집마다 장맛이 다르듯 인도 역시 집마다 향신료 배합 비법이 다르다는 말이 흥미로웠다.

음식을 배우고 나니 인도 식당과 인도 친구들 집에서 먹는 음식들이 더 새롭게 다가왔다. 인도에서 한국으로 돌아갈 때 모든 짐을 다 버리고 인도 프라이팬 두 개와 향신료로 꽉 채워 넣었다. 그 묵직함이 어찌나 뿌듯하던지. 하지만 한국에 돌아가면 가족들에게 매일같이 인도 요리를 해 줘야지 했던 야심찬 생각은 채 일주일을 가지 못

했다. 가족들의 입맛은 기름기 가득한 인도 요리를 오래도록 버티지 못했다.

배움이 좋아 시작한 요리는 낯선 곳에서 만난 사람들과의 관계를 더 깊게 만드는 기회가 됐다. 이야깃거리를 풍부하게 만들고 공유할 수 있는 대화 주제를 끌어내 준다. 자연스레 각 나라의 문화를 공유할 수 있다. 게다가 음식이 중심에 있으면 분위기가 부드러워진다. 삶도 풍요롭다. 여행하며 얻은 보물 가운데 가장 반짝이는 것 중 하나가 아닐까 싶다.

삶이 팍팍해질 때 마음먹고 요리 하나를 만들면 여럿이 행복하다. 글을 쓰다 보니 문득 요리가 하고 싶어졌다. 간만에 인도 프라이팬 따바를 꺼내 감자빵을 만들어야겠다.

휴식 : 차 한 잔의 여유

영국에 가기 전 한 선배와 함께 다큐멘터리를 만들었다. 주제는 차를 마시는 법도인 다도였다. 다도를 전수하는 강원도 이모 댁에 며칠간 머물며 차를 우려내는 법, 다양한 차의 종류, 차 마시는 예절, 다례를 접했다. 한국 차의 역사, 우리 조상들의 밥그릇이 일본으로 건너가 다완(찻잔)이 됐다는 것 등을 기록해 나가며 촬영과 조사, 밤샘 편집으로 한 달 정도를 보냈다.

다큐멘터리를 만드는 과정은 차에 대해 더 깊이 알게 되는 계기가 됐다. 차 도구를 사고 시간을 내 차를 마시기 시작했다. 영국으로 갈 때도 말차를 타서 마실 수 있는 도구를 챙겨갔다. 물론 아르바이트와 영어 공부, 여행, 사람들과의 만남으로 정신없이 살다 보니 차 마시는 습관과 여유는 서서히 사라졌다.

영국에서 꼬빡 365일을 채워 생활 여행자로 살았는데도, 그 유명하다는 영국의 멋진 카페에서 '애프터눈 티'도 한번 즐기지 못했다. '못'이 아니라 '안' 했다고 하는 게 더 맞을 거다. 돈이 없어서가 그 이유였다. 하지만 이제와서 돌이켜 보니 돈 문제가 아니라 마음의 여유가 없었던 거였다. 가난한 여행자에게 티 타임은 한가한 사람들이 누리는 사치였다. 첫 번째 해외 나들이는 정신적으로 궁핍하고 무지했다.

차 마시는 습관은 중동 여행을 하며 부활했다. 매일같이 밖에서 세 잔 이상의 차를 대접받았기 때문이다. 만나는 사람마다 나에게 물었다.

"차 마실래?"

"커피 한잔하자!"

"이리 와. 차 한잔이 기다리고 있어."

중동에서 차는 환대요, 기꺼이 자신의 시간을 내어 줌이요, 소통의 수단이었다. 낯선 이에게 차를 타 주거나 차를 사 주는 것이 그들의 기쁨이었다. 차 마시는 시간은 짧게는 5분, 길게는 몇 시간이 걸리기도 했다. 차 한 잔에 담긴 정은 스쳐 가는 인연을 귀한 친구로 만들기도 했다. 혹여나 차를 마실 여유가 없는 날은 그 허전함이 이루 말할 수 없었다.

한국에 돌아와서 집 근처 요가원을 다니기 시작했다. 요가하기 전

최소 10분에서 길게는 1시간 가량 요가 스승님과 보이차를 마셨다. 몸이 따뜻해지고 기운이 돌면 요가를 시작했다. 매일같이 보이차를 마시는 시간이 기다려졌다. 차 마시는 재미에 빠질 때는 요가를 거르고 차만 마시다 오는 경우도 생겼다.

주말에 요가원을 가지 않아도 생각날 만큼 차 마시는 게 기다려졌고 습관이 됐다. 차는 여유가 없으면 따뜻하게 마실 수 없다. 그 여유도 습관이다. 차 한 잔을 우려 앉은 자리에서 오래도록 마시는 것만이 여유는 아니다.

이탈리아 여행을 하며 생경했던 풍경이 있다. 카페 계산대 앞에서서 에스프레소 한 잔을 후루룩 마시고 출근하는 이탈리아의 직장인들 모습이다. 에스프레소 한 잔, 길어 봐야 1분. 그 짧은 여유가 하루를 버티게 하는 혹은 하루를 잘 살게 하는 힘이 돼 주는 것이리라.

차는 많은 것을 포함한다. 귀함, 사치품, 건강, 여유, 소통, 환대, 시간을 기꺼이 내어 줌. 인도 길거리에서 파는 우리나라 돈 100원도 채 되지 않는 5루피의 차 한 잔이든 3만 원이 넘는 영국의 애프터눈 티든 정성껏 우려낸 전라도의 구증구포 차든 여행지에서 대접받는 값을 계산할 수 없는 정 넘치는 차든, 모두 다 같은 이름의 '차'다.

오늘도 따뜻한 차 한 잔을 마주하고 있다. 여행지에서 건네받은 환대와 연결과 소통을 모두 떠올리게 하는 차 한 잔. 그렇기에 삶에서 차 한 잔을 대하는 마음은 더욱 경건하고 감사하다.

비움: 내가 만난 세상들

#한 동이의 물

　처음 몽골의 유목민 텐트에서 잠을 청하게 됐을 때 화장실이 어디 있느냐고 물었다.

　"함맘(화장실)?"

　"마피(없어)."

　화장실이 없다니. 볼일을 어디서 보라는 거지? 잠시 난감한 표정을 짓고 있으니, 유목민 아내는 물컵 두 개 분량의 물을 바가지에 담아 주며 손가락으로 휘익 주위를 가리킨다.

　'아 아무 데나 볼일 보라는 거구나.'

　최대한 주위를 둘러보며 보는 사람이 없는지 확인한 뒤 부리나케 볼일을 봤다. 잠들기 전에 며칠째 제대로 씻지 못해 찝찝했던 터라 미안한 마음과 기대를 동시에 품은 채 '샤워'라는 단어를 말하며 씻는 시늉을 했다.

유목민 아내는 알겠다고 고개를 끄덕인 뒤 곧 텐트 옆 칸으로 데려갔다. 잠깐 기다리라는 표시를 하고 나가는 그녀를 바라보며 주위를 둘러보았다. 샤워실이라기보다 칸막이로 겨우 몸만 가릴 수 있는 공간이었다. 곧이어 건네받은 것은 물이 들어있는 작은 플라스틱 통 하나였다. 당혹스러웠다. 2리터 생수통보다도 적어 보이는 양이었다. 얼굴 씻고 이 닦고 남은 물은 무엇을 하기에도 애매했다.

용기 내 머리 감는 시늉을 하며 물이 적다는 표시를 하자 좀 더 큰 양동이를 건네줬다. 이 역시 턱없는 양이었으나 더 요구할 처지가 아니었다. 점차 비슷한 상황을 겪으면서 적은 물로 샤워를 끝내고도 물이 조금 남아 한 번 더 헹구기까지 하는 경지에 이르렀다.

유목민 집이 아니더라도 팔레스타인 지구에서 만난 친구들 집에 머물 때마다 물 눈치를 봤다. 이스라엘에서 물을 끊어 버렸기 때문에 이곳에 사는 사람들은 매번 물을 탱크째 돈 주고 사 온다. 북쪽 수원지에서 남쪽으로 풍부한 수량이 흐르지만 팔레스타인 지구에는 그림의 떡이다. 과거에 원 없이 쓰던 물은 이제 이스라엘 것이었다.

상대적으로 풍족한 생활을 하는 파티마의 집에서 신나게 샤워를 하던 중이었다. 물이 멈췄다.

"어, 물이 안 나와!"

"응, 잠깐만 기다려봐. 물탱크 물이 다 떨어졌나 봐."

중동 여행 3개월이 넘어서야 팔레스타인 지구의 현실에 대해 알게 됐다. 매번 적지 않은 돈을 주고 이스라엘 쪽에서 물을 사들여야 하는 상황. 그마저 돈이 있는 사람들이나 할 수 있다.

한국에 돌아와 한동안 샤워할 때 물을 최대한 아껴 사용했다. 따뜻한 물이 더러움을 씻어 내는 것 외에 몸으로 흘러내리는 것에 죄책감을 느꼈다. 물이 아까웠다. 과거에 물을 틀어 놓고 한동안 물줄기를 즐기며 샤워했던 기억이 되살아나면서 샤워할 때마다 딜레마에 빠졌다. '물을 이렇게 쓰면 안 되는데' 하는 미안함과 '오늘의 피로를 푸는데 따뜻한 샤워만큼 좋은 게 없다'는 변명 같은 혼잣말이 이어졌다. 중동 여행을 하지 않았다면 결코 느낄 수 없었을 감정과 생각이었다.

한국에 돌아와 반년이 지나고 난 뒤의 결론.

'깨끗해지기 위해서라면 적은 물로 효율적이게 씻기.'

'힐링을 위해서라면 좀 더 너그럽게 허용하기.'

#소유

나는 어지른다. 그리고 정리한다. 이 악순환의 고리를 끊어야겠다고 생각했다. 깔끔하게 정리돼 있는 서랍과 옷장, 노트북 폴더를 갖고 싶었다. 사실 물건 찾는 데 걸리는 많은 시간과 어수선함이 내 스트레스의 8할을 차지한다는 것이 문제였다. 정리하는 데 시간이 많이 걸렸다. 서랍마다 가득한 물건들을 분류하고 정리하는 게 힘들었기 때문이다. 그리고 깨달은 결론 하나, '버리자'였다.

너무 많은 물건은 정리를 해 놓아도 금세 복잡해진다. 가지고 있는 물건 목록들을 살펴봤다. 언젠가는 쓸 거라고 생각해 모아 놓은 포장지와 선물 상자를 비롯해 취재 갈 때마다 받은 필기구와 메모지, 지난해 한 번도 입지 않은 소위 '아까운데'라는 이름이 붙은 옷, 발이 불편하지만 예쁘다는 핑계로 붙잡고 있는 신발 들. 물건들을 바라보며 여행하던 시절이 생각났다.

노르웨이에서 탑승한 여객선 샤워실에 두고 온 빨간 산호 팔찌를 기점으로 정기적으로 물건을 분실했다. 인사동에서 발견한 이래, 1년 내내 손목에 자리하고 있었던 액세서리였다. 핀란드발 스웨덴행 페리 화장실 선반에 이 팔찌를 놓고 나온 것을 그날 밤에서야 알게 됐다. 돌아갈 수도 없고 안타까웠다. 그 뒤로 6개월과 1년 간의 여행기가 각각 담긴 노트북과 공책, 옷가지 몇 벌과 핸드폰 두 대, 카메라, 현금 등 다양한 물건들을 숙소에 두고 오거나 길거리에 떨어뜨리거나 도둑 맞았다.

여행의 시간이 길어지면서 내 물건들은 점점 사라졌다. 처음엔 내 손을 떠난 물건들이 아깝고 속상했다. 며칠, 아니 몇 달 동안 잊지 못해 마음이 허전한 것들도 있었다. 여행이 길어지고 물건들이 지속적으로 줄어들면서 '살아가면서 필요한 물건들은 그다지 많지 않구나' 하는 생각이 들었다. 없어도 살아졌다. 더 이상 분실해도 아깝지 않은 것들만 가방에 담겨 있으니 도둑의 위험으로부터 전혀 두렵지 않았다.

특히나 매 순간을 기록했던 여행기와 사진이 담긴 카메라, 노트북이 사라지고 나니 사진을 백업하거나 옮겨야 하는 부담감이 없었다. 그냥 순간순간을 느낄 수 있었다. 처음엔 어색했다. 하지만 이내 뭔가 적지 않으면 불안했던 시간들도 사라졌다. 아무것도 적지 않는 시간들은 새로운 경험을 선사했다. 여행에서 돌아와 한동안은 물건을 사는 것에 흥미가 생기지 않았다. 옷을 봐도 그다지 멋져 보이지 않고, 새로운 물건을 접해도 별 재미가 없었다. 물건은 그저 물건처럼 보였다.

시간이 흐르며 옷가게의 옷들이 눈에 들어왔다. 물건들이 소유해야 할 목록으로 보이기 시작했다. 새 배낭이 방에 발을 들이고, 새 옷가지들이 옷장에 영입됐다. 운동화가 늘고 핸드폰이 바뀌었다. 하지만 여전히 맞다고 생각되는 것은 살면서 필요한 물건은 그다지 많지 않다는 것이다. 정리하기 위해 버리는 것도 중요하지만, 살면서 그다지 필요한 물건이 많지 않다는 것을 늘 상기하며 사는 것이 더 중요한 것 같다. 버리지 않기 위해 적게 소유하면 되니까.

짐 싸기의 지겨움

짐 싸는 게 일이었다. 따뜻한 나라로 여행갈 때는 그나마 괜찮다. 가장 큰 부피를 차지하는 옷가지가 반 이상으로 줄기 때문이다. 추운 지역을 여행하면 짐 사이즈가 확연히 달라진다. 게다가 여행 기간이 길거나 여행하는 동안 계절이 바뀌면 가방 속은 꽤나 복잡해진다. 여름옷과 가을옷을 다 겹쳐 입고 외투를 입으면 된다 해도 어쨌든 겨울 가방은 여름 가방에 비해 버거운 게 사실이다. 세면도구와 여름옷, 얇은 긴팔 몇 벌, 겨울 외투, 우비나 우산, 필기류 등 줄이려 해도 더 이상 줄일 수 없는 것들로 가방은 꽉 차 버린다.

짐 싸기의 지겨움이 극에 달했을 때 독일에서 한 대학생을 만났다. 그녀의 여행 가방은 깜짝 놀랄 수준이었다. 장난감 몇 개 담으면 가득 차 버리는 유아용 캐리어만 한 가방에 손바닥 크기의 크로스백이 전부였다.

"이렇게 작은 가방이 짐 전부야? 뭐가 들어가?"

"있을 거 다 있어."

너무나 궁금해하는 목소리에 그녀는 선뜻 가방을 열어 내용물을 보여 줬다. 테니스공만 해지는 바람막이 점퍼, 샴푸와 로션 등을 작은 약통에 나눠 담은 목욕용품 가방, 삼단 우산, 돌돌 말아 일주일 동안 빨지 않아도 입을 수 있는 옷가지류, 비닐 팩 몇 가지. 꼭 필요한 종류로 부피를 최소화할 수 있는 것들이 담겨 있었다. 이렇게 작은 가방으로 세 달을 여행하다니 신기할 노릇이었다.

"1년 여행을 해도 이 가방 하나로 가능할 것 같아. 사실 보라색 바람막이는 거의 입지도 않았어."

"가방 싸는 데 시간도 얼마 안 걸리겠어."

"응. 옷은 요일별로 말아 놓아서 그냥 꺼내 입으면 돼. 시간도 절약되고 뭐 입을지 걱정도 안 하고."

오호라, 이렇게도 여행할 수가 있구나. 물론 꽁꽁 얼어붙을 것 같은 겨울이 아니었기에 두터운 점퍼는 짐에서 빠져 있었다. 그럼에도 키 160이 안 된다는 왜소한 그녀의 등짝보다도 작은 캐리어가 신기했다.

숙소에 돌아와 내 가방을 펼쳐 봤다. 서른이 넘은 이후로는 배낭 대신 캐리어를 끌고 다녔다. 이동 속도는 다소 더디지만 무거운 짐에 혹사당하는 어깨보다 나았다. 물론 '한 여행자가 길을 가고 있구나'를 동네방네 소문나게 하는 유럽의 돌길이나 중동, 아프리카의 흙길과 진흙밭이 곤혹스럽긴 하다. 그럼에도 이제 배낭은 도저히 안 되겠더라. 가방을 열자 아까 만난 그녀의 캐리어 반만 한 크기의 세면도구 가방이 가장 먼저 눈에 띄었다.

'한 달과 1년 여행은 다르잖아? 이거 다 새로 사려면 돈인데!'

자기 합리화를 시작했다. 순간 어처구니없다는 생각이 들었다. 당장 쓰지도 않을 다음 달 샴푸를 짊어지고 다니다니. 다음으로 옷가지들을 펼쳐 봤다. 긴팔 옷 서너 개, 바람막이와 얇은 오리털 패딩, 가죽 점퍼.

'나는 추위를 많이 타니까 이것들은 있어야 해.'

온갖 변명들이 쏟아져 나왔다. 사실 다 잘 입는 옷들이긴 했다. 다음으로 보이는 것은 한글로 된 책 세 권.

'여행하면서 이 책들은 살 수 없으니까 꼭 필요해.'

그러고 나니 거대한 내 가방에서 줄일 물건은 세면도구 외에는 하나도 없어 보였다.

어쨌든 세면도구는 줄일 수 있다는 판단이 들었다. 여행하다 만난 여행객들에게 과감히 샴푸와 스킨, 로션을 나눠 주고 슈퍼에서 여권 지갑만 한 여행용 키트를 장만했다.

'앞으로 필요한 것들은 현지에서 조달해 써야지.'

세면도구 가방이 훅 줄어들자 공간이 생겼다. 몇 번의 짐을 더 싸고 풀면서 그나마 더 자주 입는 옷과 덜 입는 옷으로 분류를 했다. 앞으로 조금 더 추워질 것이니 현재 입지 않는 여름옷을 끄집어내 과감히 짐에서 빼 침대 위에 펼쳐 놓았다. '한국에 돌아가면 잘 입을 텐데' 하는 아쉬움이 발목을 잠시 잡았지만 이내 고개를 저었다. 마음먹었을 때 정리하는 게 맞다고 판단했다. 숙소 옷걸이에 옷들을 걸어 놓았다. '필요한 사람 입으세요'라는 글을 써 옷장 앞에 붙여 뒀다.

캐리어 가방 사이즈는 그대로인데 짐을 줄이고 나니 다소 홀쭉해졌다. 지퍼를 열고 닫을 때 땀을 좀 흘려야 했던 번거로움이 줄어들었다. 짐을 많이 던 것은 아니지만 홀가분해졌다. 다음 번 여행에는 더 작은 가방으로도 여행을 다닐 수 있을 것 같았다. 짐이 줄어드니 여행 짐을 푸르고 다시 쌀 때 즐거웠다. 시간이 줄어들었고, 물건의 양이 적으니 한눈에 보였다. 여행이 덩달아 가벼워졌다.

몇 년 뒤 여행에는 가방 부피가 확실히 줄었다. 더 큰 변화는 캐리어가 아닌 배낭으로 바뀌었다는 것이다. 단지 20대에 매던 꼬리뼈부터 머리까지 닿던 거대한 배낭이 아닌, 학교 가방보다 조금 더 큰 가방으로. 빨간 배낭에는 여권 사이즈의 세면도구와 바로 꺼내 입을 수 있게 돌돌 말려진 옷 몇 벌이 담긴 지퍼백, 빨랫줄 등이 소박하게 담겨 있었다. 베트남 고산 지대로 이동할 때를 대비해 긴 바지와 긴팔 두 벌, 점퍼도 챙겨 넣었다.

여행자에게 있어 가방이란 '삶의 무게'구나 싶었다. 누구에게나 삶의 등짐이 있지만 태도와 습관, 성향에 따라 그 등짐의 무게와 형태가 상이하게 달라지는 삶의 무게 말이다. 어떤 이는 정말 필요한 짐만 가볍게 질 수도, 누군가는 노파심과 염려에 이 짐 저 짐을 다 넣어 등이 휘어질 정도인 경우도 있을 터다.

같은 짐이라도 어떤 사람에게는 발걸음 하나 옮기기 어려울 정도로 힘들고, 어떤 사람에게는 꽤 질 만하다고 평가될 수도 있다. 가볍게 시작해도 상황 때문이든 무엇이든 이내 무거워지는 여행 등짐처럼, 내 삶도 그 무게를 꽤나 무겁고 심각하게 지고 사는 것은 아닐까.

4 장 **여행자의 태도**

스승: 여행지에서 만난 수행자들

여섯 개의 침대가 세 개씩 나란히 놓인 좁다란 방. 시리아 다마스쿠스의 한 게스트 하우스에 반백 머리의 동양인 부부가 나란히 배낭을 멘 채 들어왔다. 몇 년의 여행 중 게스트 하우스에서 중년 부부를 만난 것이 처음이었다. 덥수룩한 수염과 반백 머리를 질끈 묶은 부부의 분위기가 독특해서 출신 나라를 종잡을 수 없었다.

"Hi?"

"한국인이세요?"

꽤 오랫동안 한국 사람을 만나지 못했다며 부부는 진심으로 반가워하며 내 손을 맞잡았다. 한국인이 적은 여행지에서 고국 사람을 만나는 것은 친구나 가족을 대하는 것 이상으로 즐거운 일이다. 가방을 풀기도 전에 우리는 침대에 걸터앉아 이야기를 풀어 나갔다. 다마스

쿠스에 며칠 머물 생각이라 당장 뭘 해야겠다는 생각도 없었다.

"왠지 오랫동안 여행하다 오신 것 같아요."

"맞아요. 저희 1년 계획한 세계 여행 중 이제 3개월 남았네요."

중년 부부는 두 분 다 교사로 조금 일찍 명예 퇴직한 뒤, 세계 여행 중이라며 이를 드러내 웃었다. 고1, 고3 두 자녀는 각자의 삶을 꾸려 나가라고 한국에 두고 왔단다. 고3이 있으면 외출도 제대로 못하는 일반적(?)인 한국인 부부는 아니구나 싶었다.

"아이들 때문에 하고 싶은 것, 살고 싶은 방식을 포기하지 말자고 다짐했어요. 아이들이 오히려 엄마 아빠 여행가라고 떠밀어 줬죠."

어렸을 때부터 각자 하고 싶은 것을 지지해 주는 분위기다 보니 고등학생 자녀들을 두고 오는 것이 걱정되지 않았다고 했다.

"주로 게스트 하우스에 머무르세요?"

"숙소는 잠만 자면 되니 굳이 비싼 데 머물지 말자고 합의했어요. 보통은 게스트 하우스에서 자고 너무 피곤하거나 쉬고 싶을 때만 호텔에 머물러요."

얼마 전까지 비용이 많이 드는 나라를 여행했는데, 이제 물가가 저렴한 곳에 와 마음이 편하다며 아내 분이 입을 뗐다. 분명 불편한 게 많은 게스트 하우스 생활일 텐데도 연신 미소를 잃지 않는 부부에게 눈을 뗄 수 없었다. 서로의 갈 길을 가기 전, 남편 분이 주섬주섬 가방에서 무언가를 꺼내 내게 건넸다. 귀국하는 한국인에게 선물받았다는 라면 하나였다.

　손을 꼭 잡고 먼저 길을 나서는 중년 부부의 반백의 뒷모습을 오랫동안 바라봤다. 부부가 삶과 여행을 통해 얻고 있는 것이 무엇일지 묻고 싶었으나, 그 답은 오롯이 나의 몫으로 남겨 뒀다. 30년쯤 뒤 여행 도중 만난 젊은 여행자의 질문에 나는 무슨 답을 할지 기대됐다.

　여행 중 두꺼운 헤어밴드를 한 더벅머리에 너풀거리는 셔츠를 입은 일본 친구를 만난 적이 있다. 그 친구는 자신을 다케시라고 소개했다. 그 모습이 드라마〈미안하다, 사랑한다〉의 남자 주인공을 떠올렸다. 180은 족히 넘는 큰 키에 호리호리한 몸매를 지닌 다케시는 목뒤가 닳아서 구멍이 난 티셔츠를 입고 있었다. 대학을 졸업하고 현재 1년 6개월째 여행 중이라 했다. 어시장 구경을 갈 참인데 같이 가자는 내 권유에 다케시는 군말 없이 얇은 점퍼를 꺼내 왔다.

　북유럽을 여행하는 동안 동행자를 일부러 만들지 않았기에 간만의 대화였다. 노르웨이 베르겐의 유스 호스텔에서 만난 우리는 언덕길을 내려가며 각자의 여행 이야기를 주고받았다. 호주에서 3개월 있다 북유럽으로 넘어왔다는 그는 오늘 한 끼도 못 먹었다며 어슬렁어슬렁 길을 따라 내려갔다.

　"왜 아직도 밥을 못 먹었어?"

　"자전거 타고 오는데 여기까지 오는 길에 마땅한 식당이 없었어."

　"자전거 여행 중이야?"

여행하며 처음으로 자전거 여행자를 만났기에 내 눈은 커질 수밖에 없었다.

"그럼 웬만한 거리는 다 자전거로 움직여?"

"비행기나 배로 이동해야 하는 거 아니면 웬만하면 자전거를 타."

베르겐 어시장은 먹거리를 파는 천막이 많았다. 천막에 다가서자 다케시의 배 속에서 꼬르륵 소리가 났다. 간만에 듣는 시장기 어린 소리여서 소리내서 웃었다. 반으로 자른 빵 위에 연어와 새우, 생선 살 등이 얹어진 오픈 토스트들이 진열장에서 식욕을 자극했다. 무엇이든 먹을 수 있을 것처럼 보였던 다케시는 오픈 토스트 하나를 주문했다.

"그거 하나로 되겠어?"

"응. 여행하면서 세운 나만의 규칙이 먹을 것을 배부르게 먹지 않는 거야. 비싼 음식도 먹지 않아"

"왜?"

"자전거 여행을 하다 보면 힘들 때가 많아. 허기질 때도 많고. 평상시에도 적당히 먹는 버릇이 있으면 그런 힘든 시기가 생각보다 괜찮아져."

여행하며 위가 작아진 것 같다며 다케시는 토스트를 한입 베어 먹었다.

"그리고 이건 또 다른 미션인데, 먹는 즐거움 대신 다른 기쁨은 뭐가 있는지 찾는 중이야. 세상엔 먹는 즐거움 말고도 감동받을 게 많더라고."

먹는 것에 큰 의미를 두는 나로서는 다른 생각을 하게 하는 시간이었다. 천천히 토스트를 음미하는 20대 초반의 다케시가 오빠처럼 느껴졌다.

"조심스러운 질문인데, 왜 다 떨어진 옷을 입고 다녀?"

"인도 여행할 때 옷이 헤졌는데 한 인도 거지가 나에게 먹을 것을 주더라고. 생각지도 못했던 사람들과 이야기를 할 수 있는 기회였지. 오히려 편해지는 거야. 이 옷이 새로운 인연을 엮어 주는 거지. 그러다 보니 입고 다니게 됐고 굳이 새 옷을 살 필요가 없어진 거야."

해가 지기 시작하며 어시장에 조명이 들어왔다. 불빛이 바다에 반사되며 운치 있는 풍경이 이어졌다.

"일본으로 돌아가면 다음 계획 있어?"

"여행하기 전에는 이것저것 계획이 많았는데, 지금은 다 내려놨어. 원래는 1년 안에 돌아가려고 했는데 아직까지 여행하고 있네. 근데 걱정은 안 돼. 여행하며 별의별 일을 다 겪었거든. 무엇이든 할 수 있을 거란 자신감이 점점 커져. 뭐든 계획한 대로만 되지 않더라고. 해야 할 일이라면 내게 주어지겠지."

여행하며 어떤 경험을 했는지는 모르지만 '여행이 다케시를 참으로 단단하게 만들었구나' 하는 생각이 들었다. 장성한 아들을 보는 엄마 마음이 이럴까? 괜스레 뿌듯했다. 이 지구별에 현재를 옹골차게 살아가고 있는 또 한 명의 사람을 만났다는 것이 뭉클했다.

몇 년 뒤, SNS를 통해 다케시의 소식을 접할 수 있었다. 금융 회사에 들어가 일을 하는 것 같았다. 더벅머리는 말끔해져 있고 양복을 입고 있었다. 주말마다 자전거를 타는 듯한 사진들도 올라와 있었다. 일상으로 돌아간 다케시는 여행에서 얻은 지혜와 방식을 삶에 적용하며 살고 있을 거란 확신이 들었다.

여행 도중 수많은 사람을 만났다. 장기 여행을 하는 사람들을 볼 때마다 '이들은 수행자구나' 싶었다. 내가 느끼는 '수행'이란 단어에는 뭔가 경건함, 묵직함, 인내, 범접할 수 없음 등이 내포돼 있다. 사전적으로는 '행실이나 학문, 기예 따위를 닦음' '종교적으로는 말씀을 실천하고 정신과 육체를 훈련함' 등으로 정의된다.

사실 일상을 사는 사람들은 모두 수행자가 아닐까. 단지 장기 여행자들은 좀 더 심화된 집중 수행자가 되는 것일 뿐. 그렇기에 모든 인연은 내 삶의 수행에 도움이 되는 스승인 셈이다.

도전 : 새로운 음식에 겁 없이 도전하는 자세

일본 드라마 〈고독한 미식가〉의 주인공 고로는 일상에서 다양한 식당의 음식들을 경험하며 하루를 행복하게 마감한다. 평범한 일상을 마친 뒤 혹은 일이 잘 안 풀릴 때, 허기질 때, 때론 흥미에 의해서 다양한 음식을 접하게 되는 주인공의 이야기는 그저 아저씨가 밥 먹는 이야기일 뿐인데도 흥미를 자아낸다. 먹는 것이 단순한 육체 보전을 벗어난 행위임을 느끼게 해 준다.

'먹기 위해 사느냐? 살기 위해 먹느냐?'

정말 어려운 질문이다. 특히 내게는 더더욱 그렇다. 왜 사는지에 대한 고민과 탐구만큼 먹는 것에 대한 관심이 꽤나 컸기 때문이다. 버는 돈의 반 이상을 먹는 데 쓸 정도로 그 나물에 그 밥 말고, 특색 있거나 맛집으로 유명하거나 먹어 보지 못 했던 것 등을 탐닉하며 말

이다.

프랑스의 미식가 브리야 사바랭이 《미식 예찬》에서 이야기한 식사의 쾌락이 주는 위안처럼, 여행은 호기심 가득한 입맛을 만족시켜 줌과 동시에 위안을 주는 최고의 충족 조건이었다.

터키 카파도키아에는 육개장 같은 걸쭉한 스튜 형태의 비주얼이 토기에 담겨 나오는 항아리 케밥이 있다. 나는 카파도키아에 일주일을 머무는 동안 이례적으로 3일 연속 이 항아리 케밥을 주문했다. 화덕 속에서 도자기 굽듯 그릇 통째로 익혀진 음식은 오감을 자극하며 먹기도 전에 맛을 상상하게 해 준다. 눈이 한가득 내린 쌀쌀한 날 항아리 케밥 속의 푹 고아진 고기와 토마토, 가지, 양파를 한 숟가락 푹 뜨는 순간 삶의 고단함과 어깨의 짐이 잠시 사라지고 만다.

체코 프라하에는 1센티가 넘는 두꺼운 치즈를 통째로 튀긴 흡사 돈가스처럼 보이는 스마제니 시르를 만날 수 있다. 프라하 골목 음식점을 기웃거리다 현지인이 많이 앉아 있는 작은 음식점에 들어가 이름도 모른 채, 단골들이 제일 많이 먹는 메뉴 달라고 주문한 뒤 받은 음식이었다. 바삭한 식감과 주욱 늘어나는 치즈의 고소하고 쫄깃한 맛은 오랜 여정으로 늘어져 있던 감각 세포들을 하나하나 일으켰다. 그 느낌이 어찌나 강렬했던지, 10년 뒤 같은 곳을 여행할 때 그 음식점을 찾느라 한 시간 이상을 헤맸다. 언젠가 다시 프라하에 가게 된다면 1순위로 들를 곳은 프라하성도, 카프카 박물관도 아닌 스마제니 시르 맛집이다.

그뿐인가. 구운 통감자를 반으로 자르고 여러 가지 토핑을 올려 먹는 터키와 러시아의 감자 요리는 또 어떻고. 처음 러시아에서 경험하고 터키에서 유사한 감자 요리를 발견했을 때, 두 맛을 비교하는 것이 꽤 즐거웠다. 감자가 이렇게나 포슬포슬하고 맛있는 것인지 새삼스러웠다.

또 영국 해안가 마을에서는 싱싱한 생선 살을 길게 발라 감자와 함께 튀겨 낸 뒤 식초와 소금을 뿌려 먹는 피시 앤 칩스를 먹었다. 그

때의 나는 마지막 한 조각을 다 먹을 때까지 바다 풍경보다 피시 앤 칩스에 푹 빠져 있었다. 영국 여행을 가고 싶은 이유 중 손꼽히는 것은 피시 앤 칩스다.

먹는 것은 오감을 만족시키는 아주 유쾌한 경험이다. 기왕 한 끼 먹는 거 즐겁고 맛있는 요리를 선택하고 싶다. 여행 중에 아무리 배가 고파도 단순히 허기를 채우기 위해 패스트푸드점을 찾지 않는 이유다.

일상으로 돌아오면 강의를 요청하는 곳들이 생긴다. 강사료가 많지 않을 경우 식사 시간이 가까워지면 간단하고 저렴한 김밥과 같은 간단한 분식으로 요기를 때우곤 했다. 차비 빼고 남는 게 없다는 단순한 경제적 계산이 앞섰기 때문이다. 그런데 어느 순간 이런 생각이 들었다.

'여행을 다니면 그 지역에서 맛보고 싶은 음식들을 찾아다니면서, 일상에서는 왜 그렇게 하지 못하지?'

뒤통수를 한 대 맞은 느낌이었다.

'아, 내가 결핍과 부족에 초점을 두고 있구나.'

그 뒤부터 새로운 지역으로 일을 하러 가게 되면 강사료와 상관없이 그곳의 특산물, 독특한 음식, 현지인 맛집 등을 찾아다니게 됐다. 강의 외의 또 다른 즐거움과 경험이 생겼다. 일상이 여행이 되는 경험도 하게 됐다.

늘 먹던 종류의 음식이라도 작정하면 다른 것을 느낄 수 있다. 그러면 성공이다. 오늘 하루, 어제와는 다른 경험을 한 셈이니 말이다. 맛있는 한 끼는 비행기를 타지 않아도 먼 거리를 움직이지 않아도 가능한 반나절 여행이다.

감사: 내 삶을 아름답게 바꾸는 세 가지 방법

일본 경제 평론가 오마에 겐이치는 《난문쾌답》에서 인생이 달라지기 위해서는 세 가지 변화가 필요하다고 말했다.

'사용하는 시간, 만나는 사람, 사는 장소.'

이 이야기를 접하고 무릎을 탁 쳤다.

'이거 완전 여행이잖아!'

머리를 다 밀었다가 겨우 자란 듯한 애매한 길이의 곱슬머리에 새카맣게 탄 얼굴, 바싹 마른 어깨를 겨우 감싸고 있는 얇은 민소매 티와 알라딘 바지를 입은 여자. 좀체 국적을 알 수 없는 여행자는 비행기에서 공항으로 연결되는 셔틀 버스 앞자리에 앉아 창밖을 바라보고 있었다. 뭔가 낯설었지만 친해지고 싶은 묘한 분위기를 자아냈다.

"저기, 나는 한국에서 온 조이야. 혹시 숙소 구했어?"

조심스러운 영어 질문에 유창한 한국말 대답이 들렸다.

"저도 한국인이에요."

이날부터 3일 동안 함께 여행 다니게 된 J는 자신의 사연을 들려줬다. 30대 중반 유방암에 걸렸고 이제 거의 다 회복됐다는 이야기, 열 손가락 넘는 남자 친구들과의 흥미진진한 에피소드, 한창 놀 때는 하루에 클럽을 몇 군데씩 돌아다녔다는 것, 빗이 그대로 꼽힐 것 같이 부풀어진 파마머리를 어깨 아래로 치렁거리며 와인 잔을 들고 있는 사진 등 J의 과거가 그림처럼 펼쳐졌다. 밤톨같이 까실거리는 곱슬머리와 김구 선생님을 연상케 하는 금색 테두리 안경은 화려하고 흥으로 가득했던 사람의 과거가 전혀 상상되지 않았다.

"죽다 살아나 보니 세상이 달라 보이더라고."

암에 걸린 이후 J는 잘나가던 외국계 기업 홍보 일을 그만뒀다고 했다. 결혼이 싫어 만남만 유지했던 남자들도 정리했다고 했다. 노는 게 좋아 매인 느낌의 관계가 싫었는데, 이제는 결혼도 괜찮을 것 같다고 덧붙였다. 몇 개월째 혼자 여행을 다니며 새롭게 보이는 것들도 함께 나눴다. 마치 한 권의 책을 읽는 듯한 색다른 경험이었다. 안전띠가 둘러쳐 있는 말레이시아 랑카위 바다 위에 둥둥 떠서 우리는 각자의 삶을 주고받았다.

"돌이켜 보니 전쟁 같은 직장도 희망이 있는 전쟁이야. 물질적 풍요를 통해 여행할 수 있는 계기도 되고 나를 성장시킬 수도 있어."

 J와 나눈 여러 가지 이야기가 오래도록 삶에 위안이 될 것이라는
게 느껴졌다. 돌아가서 다시 시작하게 될 일과 일상들이 더 기대됐
다. 현재까지 크게 아프지 않고 살아온 몸에 감사함도 전했다.

 '이번에도 비타민 같은 만남이 됐구나.'

 며칠 뒤 우리는 자연스럽게 인사를 하고 헤어졌다. 이메일이나 전
화번호는 묻지 않았다. 여행 초기에는 잠깐의 만남에도 연락처를 주
고받느라 호들갑이었다. 시간이 지나고 보니 정말 만날 인연은 어떻

게 해서든 만나더라는 '인연'을 믿게 됐다. 스치듯 만나는 수많은 관계에 집착하지 않는 가벼운 여행을 선택했다. 랑카위 하면 떠올릴 추억은 찰랑이는 맑은 바닷가보다 잔디 머리의 J다.

사람들은 종종 묻는다. 혼자 여행하면 외롭지 않냐고. 혼자 여행하면 오히려 좋은 인연을 만날 기회가 더 많아진다. 내가 따뜻함을 내비치면 상대방 역시 따뜻함을 보이며 가슴을 활짝 연다. 오늘도 가슴이 따뜻한 사람들을 만났다. 그 따뜻함에 내 안의 따뜻함이 더 커짐을 느낀다. 감사한 하루다. 여행의 고단함은 어느새 스르륵 녹아내린다.

여행은 시간이 자유자재로 흐른다. 느리게도 빠르게도 때로는 거꾸로도. 일상에서 같은 것을 반복하던 시간과는 달리 전혀 다르게 쓰인다. 예상치 못한 만남과 새로운 장소 들이 덧붙여져 여행은 색다른 결과치를 낳는다. 내 삶이 다람쥐 쳇바퀴 같을 때, 무언가 잘 굴러가지 않는다고 느껴질 때, 여행은 나를 바꿔놓는다. 시간과 만남 장소가 예상을 뛰어넘기에.

열린 마음: 여행자의 생존법, 잘 받고 잘 주는 삶

아마 유치원 소풍이었을 거다. 공원 여기저기에 보물을 숨겨 뒀다는 선생님의 이야기가 끝나기 무섭게 아이들은 소리를 지르며 보물이 있을 만한 곳을 찾아다녔다. 곧이어 여기저기서 "우아! 찾았다"를 외치는 아이들의 감탄과 웅성거리는 소리가 들리기 시작했다. 그런데 아무리 찾아도 보물은 내 눈에 띄지 않았다.

한 선생님이 내 곁에 와 "저쪽으로 조금만 가면 보물이 숨겨져 있어"라고 귀띔해 주셨다. 그런데 선생님과 나를 흘끔 보던 한 아이가 선생님이 힌트를 주신 장소 쪽에 위치한 나무 한 그루로 달려가기 시작하는 게 아닌가. "우아 여기 있다!" 나무의 커다란 옹이에 꽂혀 있던 보물 쪽지를 집어든 그 아이의 손이 부럽고 미웠다.

그랬다. 어릴 때부터 혼자서 제대로 하지 못하는 것들은 꼭 누군가 도움의 손길을 줬다. 첫 기억인 보물찾기부터 대학교 때 PPT 작성까지. 그런 도움의 손길은 성인이 되고 나니 '나는 혼자서 잘하는 게 없어'라는 편견과 주눅으로 자리 잡기까지 했다. 스스로를 작게 만드는 이런 생각은 유럽에서 만난 점성술사의 말 한마디에 마법처럼 사라졌다.

"당신은 당신을 돕는 'Helping Hands'가 있다. 언제 어디를 가든 도움을 주는 손길이 많을 것이다. 그것이 운명이니 그냥 감사히 받아들여라."

여행을 하다 보면 수많은 도움의 손길을 받는다. 낯선 도시에서 길을 잃었을 때, 어느 간판이 밥집인지조차 헷갈리는 낯선 언어로 도배된 공간에 들어섰을 때, 숙박 시설 하나 없는 작은 시골 마을에서 잠자리를 찾을 때 원하든 원하지 않든 어김없이 누군가는 손을 내밀었다.

이스라엘 여행을 하던 중 몸살이 왔다. 체력 하나는 자신 있었는데, 몸에 열이 나고 손끝 하나 움직일 수 없었다. 그때 나는 친구를 사귀고 무료 숙박을 할 수 있는 카우치 서핑을 통해 여행을 하던 차라 댄의 집에 머물고 있었다. 이틀만 머물고 다른 곳으로 옮길 예정이었는데, 몸이 아프니 무엇도 할 수가 없었다. 댄은 말 그대로 카우치(소파)에 머물고 있던 내게 자기 침대를 내줬다. 그리고 몸이 회복될 때까지 언제든 머물러도 된다고 이야기했다. 밤인지 낮인지 시간이 얼마나 지났는지도 모른 채 몸이 가라앉는 느낌으로 종일 잠만 잤다. 아마 하루 반나절은 침대에만 누워 있었던 듯하다. 시간이 지나자 좀 살 것 같았다.

댄은 며칠 동안 자신이 만든 음식을 대접하고 심부름꾼 노릇을 해줬다. 몸이 좀 회복되자 "좋은 음식이 많으니 어려워 말고 참석해서 실컷 먹고 오자"며 친구 집에서 열리는 파티에도 데리고 갔다. 음식뿐 아니라 친구들이 주는 파워풀한 에너지 덕분에 살 것 같았다. 댄의 집을 나선 이후에도 댄과 지속적으로 연락을 했고, 한국에 돌아가기 전 한 번 더 댄의 집에 머물며 회포를 풀기도 했다.

스스로 보물을 찾기 어려워 좌절하고 있을 때 귀띔으로 보물을 찾았으면 하는 마음을 전달해 준 선생님처럼, 삶 곳곳에 수많은 도움의 손길들이 있었다. 그런 소중함을 여행하면서 더 크게 얻게 됐다. 일상에서는 '내가 제대로 못해 도움을 받는다'고 생각했던 것들이 여행 중 받았던 꼭 필요한 도움과 점성술사의 '도움의 손길이 너의 인생에 있다'는 말과 어우러져 오히려 보물처럼 나타난 셈이다.

그 이후부터 무능하다는 생각은 깡그리까지는 아니지만 대부분 사라졌다. 그와 동시에 여행하는 곳곳에서 스스로 보물을 발견하기 시작했다. 사람들의 호의를 받아들이고, 더불어 호의를 베풀다 보니 눈만 돌리면 보물이 쏟아져 나왔다. 어렸을 땐 그렇게 어려웠던 보물 찾기가 나를 인정하고 받아들이고 나니 다른 방향에서 쉽게 얻을 수 있었다. 남들에겐 보물이 아니어도 내게 소중하면 보물이다. 얻고자 하는 것, 발견하고자 하는 것, 치유하고자 하는 것, 그런 눈으로 바라보며 여행을 하다 보니 하루하루가 감사했다. 재미난 건 이런 눈은 삶의 현장으로 왔을 때도 꽤 오래간다는 것이다.

오지랖이라고 말할 수도 있다. 지도를 살피며 길을 헤매고 있는 여행객이나 잘 알고 있는 분야에서 고민하는 사람들에게는 굳이 도와달라는 말을 듣지 않아도 먼저 손을 내밀게 됐다. 내가 망설일 때 선뜻 도움을 주던 사람들의 고마움이 떠올라서다.

그래서 신촌에 있던 나의 작은 집은 잘 곳을 찾는 카우치 서퍼들에게 열려 있었고, 종종 집밥을 해서 먹이기도 했다. 이방인이었다가 반대로 익숙한 곳에서 이방인을 맞이하는 것은 진실로 감사할 일이다. 멘토, 멘티가 별거인가. 먼저 경험한 것을 나눠 주고 베푸는 삶은 받아 본 사람이 잘하게 돼 있다. 잘 받고 잘 주는 삶은 즐겁다.

신중함: 도둑놈 도둑님

맹랑했다. 띠동갑이었던 20살 한국인 그녀는 내 가방에서 500만 원을 훔쳐 달아났다. 며칠 동안 그녀가 돈을 훔쳤다고는 생각지도 못할 만큼 그녀는 치밀했고 나는 미련했다. 그녀는 일주일 동안 내게 찰싹 달라붙어 여행을 다녔다. 현금 500만 원을 들고 다니는 여행객을 타깃으로 정한 것이다.

터키에서 그녀와 함께한 일주일은 곤욕스러운 일들의 연속이었다. 맡겼던 핸드폰을 돌려 달라 하자 줬다고 하질 않나, 빌렸던 잔돈을 돌려 줬는데도 받은 적이 없다고 하질 않나, 이런 일이 일주일 내내 반복됐다. 좀 이상하다 생각은 했지만 크게 염두에 두지 않았는데, 결국 장거리 야간 버스를 타기로 한 날 내가 샤워하는 동안 사달이 났다. 내가 샤워하는 시간은 그녀가 내 가방에서 500만 원의 현금

이 든 복대를 훔치기에 충분한 시간이었다. 물론 나는 야간 버스를 타고 목적지에 도착해서까지도 그 사실을 까맣게 몰랐다.

심지어 그녀는 치밀하게도 내가 다른 사람을 의심하게까지 만들었다. 그러고는 다음 날, 홀연히 사라졌다. 핸드폰을 분실해 쓸모없어진 내 핸드폰 충전기를 '여행 중에 혹시 필요할 수도 있으니 달라'는 이상한 말을 마지막으로 한 채 말이다. 그녀를 만나고 일주일 동안 잃어버린 것은 핸드폰, 500만 원 상당의 유로, 터키 돈 50만 원, 계획된 남은 여행 일정이었다. 3개월이나 더 남은 여행 계획은 공중 분해됐다. 수중에 남은 돈이 거의 없었다.

1년 뒤, 한국에서 대학생 그룹과 프로젝트를 할 일이 생겼다. 여행을 좋아한다는 한 친구와 점심시간에 여행 이야기를 나누다 여행 중 분실한 물건에 대한 에피소드를 나누기 시작했다. 나는 터키에서의 일이 생각나서 이야기했다.

"터키 여행을 할 때 나랑 띠 동갑인 친구가 500만 원을 훔쳐간 일이 있었어요."

내가 알고 있던 그녀의 정보도 자연스럽게 흘러나왔다. 그런데 세상에, 이 친구와 그녀가 아는 사이였다. 이 친구는 그녀를 대학생 기자단 활동을 하며 만났고, 세계 여행을 많이 했다는 이야기를 들었다고 전했다. 그렇게 알게 된 그녀의 학교에 전화해서 아는 지인인데 전화번호를 알 수 있는지 물었다. 그러자 번호와 함께 이런 대답이 돌아왔다.

"그 친구, 거짓말을 많이 해서 전화번호가 맞는지 모르겠네요."

어렵사리 구한 전화번호로 두근거리는 마음을 진정하며 전화를 걸었다. 수화기 너머 목소리는 틀림없이 그녀였다. 터키에서 여행하면서 만났던 사람인데 혹시 기억하냐며 문자로 그 친구와 함께 찍은 사진을 보냈다.

"네, 사진은 맞는데 옆에 있는 분은 모르겠네요. 제가 하루 이틀 여행 다닌 것도 아니고, 어떻게 여행 중 만난 사람을 일일이 기억해요."

다음 날, 그 전화는 '없는 번호입니다'라는 메시지를 들려줬다.

사실 500만 원을 분실하고 난 뒤 내 여행은 오히려 더 흥미진진했다. 여행에서 그녀를 만난 건 내 여행의 클라이맥스를 위해서였다. 가족에게 1년 뒤 갚기로 약속하고 공수받은 여행 자금으로 9개월이라는 더 긴 여행을 했으니 말이다. 게다가 낯선 지역, 낯선 사람들과 인연을 맺고 그들의 집에서 숙박을 하며 지금껏 경험해 보지 못한 여행을 시작하게 됐다.

더욱 선물처럼 다가온 것은 물건에 대한 집착을 상당 부분 내려놓게 됐다는 사실이다. 간간이 그녀를 떠올릴 때면 괘씸하고 그렇게 당한 내 자신이 어이가 없었다. 사실 한참 시간이 흐른 지금도, '어떻게 그렇게 당할 수 있지? 정말 어이없다'는 생각에 피식 웃음이 나온다.

'다시 돌아간다면 이렇게 했을 텐데' 온갖 시나리오를 머릿속으로 그리고 반복하기를 되풀이했다.

그럴 때마다 법정 스님의 '물건 잃고 마음까지 잃지 마라'는 말씀을 되새김질했다. 여행 기간에는 특히나 매 순간 그 말씀을 떠올렸다. 그러다 보면 화와 억울했던 마음이 가라앉았다.

맹랑한 그녀는 사포질하듯 나를 다듬어 줬고, 마음 공부를 하게 해 줬다. 지극히 주관적이면서도 객관적인 눈으로 내 자신을 바라볼 수 있게 해 준 그녀에게 이런 말을 하고 싶다.

"도둑님, 나에게 진짜 여행을 선사해 줘서 감사합니다."

여행의 기술

세계 여러 곳을 다니며 깨달았다. 여행은 목적에 따라 갈 곳과 준비가 달라야 한다는 것을. 여행에는 여러 종류가 있다. 호기심을 채우기 위한 모험, 마음을 비우고자 훌쩍 떠나는 유랑, 쉼을 위한 떠남, 사랑을 두텁게 하기 위한 밀월, 여흥과 오락을 위한 여행, 미래를 위해 배우고 익히고자 떠나는 도전 등. 이렇게 여행의 종류가 다르다면 대하는 태도 역시 달라져야 한다.

2002년, 1년의 여정을 마치고 영국에서 돌아왔을 때 디자인을 공부하던 친구가 제일 먼저 이렇게 물었다.

"빅토리아 앤 알버트 뮤지엄 어때? 나 거기 가려고 1년 내내 아르바이트하고 공부했어."

버스를 타기 위해 그 앞을 최소 수십 번은 지나쳤지만 내게 큰 의미가 없었던 박물관. 딱 한 번 비를 피하기 위해 입구 쪽에 서 있어 본 적을 제외하고는 눈길조차 주지 않았던 곳이었다. 대영 박물관처럼 누구나 다 알고 있을 정도로 유명한 것도 아니고, 외형도 그다지 크지 않았던 터라 그저 내겐 조형물 그 이상도 그 이하도 아니었다. 그런데 디자이너를 꿈꾸는 그 친구에게는 오랜간의 준비를 거쳐 꼭 가고 싶었던 곳이었다니, 다소 충격이었다. 알지 못하면 전혀 보이지 않는다.

내가 영국을 간 이유는 딱 하나, 'BBC' 방송에 대한 관심이었다. 무료 박물관이 수두룩한데도 나는 방구석에 박혀 텔레비전을 켜고 방송 프로그램들을 분석하는 데 시간을 다 보냈다. 집 근처의 축구 경기장에서 종종 주말마다 들려오는 팬들의 함성에도 경기장 한번 갈 생각을 하지 않았다. 펍 투어를 할 정도로 유명한 영국의 펍은 1년간 딱 두 번 들렀다. 스코틀랜드 성을 둘러보면서 처음 앤 불린에 대해 듣고 나중에 한국에 가서야 그 유명한 앤 불린과 현재 왕족과의 관계에 대해서 알게 됐을 정도로 영국에 대해 무지했다. 성을 둘러볼 때 그냥 건물 정도로 밖에 보이지 않았다. 아는 것이 없으니 휙 둘러보면 끝이었다.

그 뒤로 여행을 다닐 때 유적지를 방문하게 되면 필히 가이드를 요청했다. 시간을 할애해 역사와 유적지에 대해 공부한 것이 아니면 어설프게 유적지를 돌아다니는 것은 시간 낭비처럼 느껴졌다. 단순히 쉼을 위한 여행이라면 상관없다. 어디를 가든 마음을 내려놓고 휘적휘적 돌아다니면 된다. 유적지를 방문하는 자세는 달라야 한다는 것을 '여행 종류' 리스트에 적어 놓기 시작했다.

'여행 종류' 리스트
(이번 여행은 몇 번에 해당되는가?)

1. 꼼꼼히 여행 루트와 볼거리를 찾아 떠나는 여행.

2. 여행 루트뿐 아니라 그 나라 역사와 언어까지 공부하고 가는 여행.

3. 루트만 대충 짜고 움직이는 여행.

4. 어떤 정보도 없이 인-아웃만 있는 여행.

어느 순간부터 여행을 다녀올 때 '목적'을 정하니 마음이 편해졌다. 그 목적은 여행 기간 전체일 수도 있고, 며칠 간격일 수도 있고, 매일매일 달라질 수도 있다.

'오늘은 유유자적 해야지' '이번 주는 박물관과 성을 둘러보며 공부하는 마음으로 다녀야지' 등 목적을 정하지 않고 그저 유명한 곳이니 꼭 봐야지 하고 돌아다니다 보면 마음이 바빠진다. 내가 정한 대로가 중요하다.

여행을 가기 전 한 달 정도 그 나라 언어를 듣고 공부한다는 분을 만났다. 지금까지 여행 다닌 나라들의 꽤 많은 언어를 기억하고 있다고 했다. 배우고 흡수할 수 있는 마음가짐이 돼 있기에 더 많은 것을 자신의 것으로 만들 수 있겠다는 감탄이 나왔다. 나의 특성과 여행을 돌아봤다. 여행하기 전 그 나라 언어를 공부하기는커녕, 책을 읽고 여행 가고 싶은 장소와 지리를 공부하는 것도 버거울 때가 많다.

'부지런할 때도 있지만 대부분 게으르다' '꼼꼼하지 못하다' '누구나 한 번쯤 가야 한다고 알려진 장소나 맛집 탐방도 좋지만, 현지인처럼 여행하고 싶다' 같은 성향을 지닌 사람이 여행할 수 있는 최상의 방법은 무엇일까? 현지인처럼 여행하고 싶은데 정보를 찾고 공부하는 게 귀찮다면 현지인에게 물어보는 수밖에 없다. 이런 결론으로 인해 현지인 집에서 자는 여행을 선호하게 된 듯하다.

만약 그게 불가하다면 음식점이나 공원, 길거리 등 여유를 즐기는 현지인을 만나는 일은 어렵지 않다. 시간과 공간을 음미하고 있는 현지인들에게 '이방인에게 자신의 정보 나눠 주기'는 어렵지 않은, 오히려 기쁘고 열정적으로 해 줄 수 있는 기회일 수 있다. 인연이 된다면 여행 정보 얻기 외에도 말을 건 현지인 집에서 티 타임을 즐기거나 하룻밤 머물게 되는 경우도 생긴다.

여행자는 각자 나름대로의 생존법이 있다. 나의 경우 '현지에서 알아서 하기'였다. 단, 시간이 여유롭지 않은 여행, 물가가 비싼 곳을 여행하게 될 경우 이런 생존법은 거의 먹히지 않았다. 현지인에게 묻더라도 미리 정보는 찾아 두고 가야 한다.

아무런 준비 없이 움직였던 일본 여행에서는 교통비만 두 배 이상씩 내고 몸이 힘든 여행을 해야 했다. 제대로 짜지 않은 루트로 인해 비행기와 기차, 지하철을 몇 번씩 더 타고 다녔다. 마치 인천 공항으로 들어와 제주에 갔다가 서울로 와 다시 부산을 여행하고 인천발 비행기를 타는 일정처럼. 함께했던 동생은 누나만 믿고 따라왔다가 몸과 마음을 동시에 고생하는 불상사를 경험했다.

아는 만큼 보인다. 여행하며 뼈저리게 느낀 것이다. 오로지 깊이 사색하고 나를 알기 위해, 파랑새를 찾기 위해 여행하는 것이 아니라면 미리 알아 두는 것은 무척 중요하다. 아는 만큼 보이고, 보이는 만큼 다른 눈높이로 그 순간을 경험하고 느낄 수 있기 때문이다. 여행은 '각양각색' '천인천색'이다. 한 사람의 여행도 20대, 30대, 40대 나이대별로 삶의 스펙트럼 변화에 따라 보이고 경험하는 것에 차이가 있는데 하물며 다른 사람들이야.

나를 알아야 내가 그린 여행을 체험할 수 있다. 물론 여행은 언제나 생각과는 다르게 펼쳐진다. 그럼에도 여행 내내 화를 들고 다니는 것보다는 100배 낫다.

지금 이 순간: 오롯이 지금 여기에 집중하는 인연

말레이시아 여행 중 한 사람을 만났다. 노천 카페에서 밥을 먹는데 한국인 여럿이 우르르 들어왔다.

"한국인이냐?" "여행 기간은 얼마냐?" "어디 갈 거냐?"

한국인 그룹은 여행지에서 만난 한국인을 보고 신이 난 모양인지 목청이 떠나가라 웃고 떠들었다. 출장 왔다는 L은 그중에 제일 수다스러웠고 끊임없이 웃었다. 식당 주인이 한국인들끼리 만났다며 내 핸드폰으로 기념 사진을 찍어 줬다. 사진을 주기 위해 연락처를 받았다. 여행이란 속성 자체가 어렵지 않게 사람을 만나고 쉬이 헤어질 수 있는 수단이다. 이날 이후로 연락할 일이 없다고 생각했던 L은 '오늘은 어디 가냐' '쿠알라룸푸르 마술 카페 사진 좀 보여 줘라' '앙코르와트 갈 때 꼭 챙 넓은 모자 쓰기를 추천한다' 등 귀찮을 만큼 문자를 보냈다. 장거리 버스에서 답변을 하다 보니 지루한 시간이 의외로 재미있었다. 틈날 때마다 서로의 경험을 나눴다.

L과 이야기 나누는 것이 즐거웠다. 유쾌한 파장이 전달될 때 나의 에너지가 확장되는 것을 느꼈다. 그 긍정 뒤에 자리하고 있는 삶의 고단함과 이력마저 고스란히 전해지는데도 이상할 만큼 불편함이 없었다. 연락이 오지 않으면 궁금했고 기다려졌다. 그사이 서로에게 길들여진 관계가 된 것이다.

역시나 시간이 지나고 여행에서의 만남이 으레 그러하듯 서서히 연락은 두절됐고 어느새 연락처조차 사라져 버렸다. 스치는 인연 중 하나였고 나 역시 여행에 몰입하거나 새로운 사람을 만나고 이야기 꽃을 피우며 그렇게 L은 잊혀졌다.

길들여진다는 것은 수많은 것을 내포한다. 친밀함과 익숙함, 편안함, 함께한 시간과 공간을 상실했을 때 동반될 허전함과 불안, 슬픔까지. 사람을 만날 때 다칠 것을 걱정하지 않고, 헤어질 것을 염려하지 않는 것이 여행자가 갖춰야 할 기본 자세다. 길 위에서의 만남은 언제나 위험을 동반하고 헤어짐이 기본이기 때문이다.

여행을 하다 보면 간혹 여행자의 초심을 잃을 때가 있다. 여행자의 마음을 잊으면 가슴앓이를 한다. 마치 떠나보낸 연인의 자리처럼 빈 공간이 생긴다. 그 인연이 성별이 같든 다르든, 나이 차가 많든 적든 간에 느끼는 공간의 크기는 꽤나 넓다. 사실 이것이 어찌 여행자

만이 갖춰야 할 것이겠는가. 삶 자체가 길 위의 삶이고 왔다가 가는 것이 당연할 터다. 인연이란 것은 내가 바란다고 오고 원치 않는다고 가는 것이 아니더라.

여행을 하며 깨닫는다. 여행자의 마음을 잃으면 내가 힘들다는 것을. 그 깨달음은 삶과 고스란히 연결된다. 여행자와 현지 삶을 사는 이의 차이는 생텍쥐페리의 말을 빌린다면 '넌 네가 길들인 것에 대해 언제까지나 책임을 지어야 한다'는 거다. 사실 '언제까지나'라는 것은 너무 무거운 말이다. 지키기가 쉽지 않다. 인간 세상에서 변하지 않는 것이 있을까.

지구를 돌아다니기 시작하며 내린 결론은 이렇다.

'지구별에서 인연을 만났다면 그 순간에 온 마음을 다하고 기뻐할 것', 그리고 '그 인연의 길이가 길든 짧든 만났다는 것만으로도 감사해할 것'.

5장 다시 한국에서

삶이 일상으로, 일상이 삶으로

실실거린다는 표현을 이럴 때 쓰는구나 싶었다. 입이 귀에 걸렸
다. 승무원의 "안녕하세요" 하는 한국말 인사를 들으며 신문을 집어
들었다. 한국어 신문이 이렇게 반가울 수가. 기내에 들어서자 먼저
앉은 승객의 대부분이 검정 머리의 한국인이었다. 어색함과 안도감,
기쁨이 동시에 일었다. 묘했다. 통로를 지나갈 때 "익스큐즈 미"가
아닌 "실례합니다"라는 단어를 쓰는 것이 오히려 어색했다. 1년 만
에 돌아가는 한국행 비행기 안, 드디어 집으로 돌아간다.

고작 1년 여의 부재였는데도 익숙했던 지하철과 거리들이 생경함
으로 다가왔다. 사진으로 생생하게 보던 거리를 직접 활보하게 됐을
때의 '낯익지만 뭔가 부자연스러운 경험' '이곳에 소속돼 있는 것이
아닌 외부인 같은 느낌'이 들었다. 마치 한국에 여행 온 기분이었다.

두근거렸다. 익숙했던 곳이 새로움을 준다는 것은 즐거운 일이다. 마치 오래 만나 친구 같은 연인이 두근거리는 첫 연애 시절로 돌아간 것과 같다고나 할까.

콧노래가 저절로 나왔다. 즐거운 나의 집. 1년 만에 문을 열었다. 아늑한 나만의 아지트가 모습을 드러냈다. 하늘색 벽에 구름이 그려진 방은 달라진 게 없었다. 이런 곳을 1년이나 비워 뒀다니. 집에게 미안함과 동시에 고마움이 일었다. 여행 가방을 내려놓고 책상에 앉아 나뭇결을 손바닥으로 쓸었다. 행복했다.

다음 날부터 나는 새로운 여행을 시작했다. 이것이야말로 단단히 뿌리를 내린 진짜 사는 여행이었다. 조만간 떠나야 하는 숙소가 아닌, 여행을 나갔다 언제든 돌아올 수 있는 진짜 '내 집'에서의 여행. 신촌 기차역 맞은편 언덕에 자리한 집은 여행하기에 안성맞춤이었다. 걷거나 자전거를 타고 여행할 수 있는 곳이 가득했다. 이대와 연대, 서강대, 홍대 일대를 기본으로 광화문, 경복궁, 시청, 조금 더 멀리 뻗으면 삼청동, 인사동과 명동까지 넓힐 수 있는 요지다.

첫 여행은 홍대로 정했다. 늘 다니던 도로변이 아니라 좁다란 골목을 가로질러 홍대에 도착했다. 한 번도 가본 적이 없던 방향, 그 길을 통해 갑자기 눈앞에 나타난 카페들이 낯설었다. 가는 방향만 바꿨을 뿐인데도 다른 곳처럼 보였다. 신선했다.

다음 여행은 집에서부터 이화여대 일대까지. 걸어서 10분도 채 되지 않는 곳이다. 집 뒤쪽 골목은 몇 년을 살면서도 가 본 적이 없었다. 꼭 필요한 활동 공간을 제외한 움직임은 시간 낭비로 치부했기 때문이다. 여행자에게 길거리 여행은 시간 낭비가 아니다. '삶'에서 '여행'으로 선택을 하고 나니 집 뒷골목은 흥미 있는 여행거리가 됐다.

　이 지역을 한눈에 내려다볼 수 있는 전망대가 있고, 나무와 꽃으로 둘러싸인 놀이터는 아지트가 되기에 충분했다. 내리막길을 걸어가니 전혀 예상하지 못했던 길과 이어졌다. 길을 건너 신촌 기차역과 이화여대로 연결되는 인도로 향했다. 옷 가게가 가득한 골목 뒤로는 또 다른 뒷골목이 있었다. 빠르게 지나치기만 하고 유람의 목적으로 유유자적해 본 것은 처음이었다. 가죽 공방을 차근차근 둘러보고 은세공 가게에서 주인장과 이야기를 나누고 옷 가게 주인이 대접하는 차를 마시며 여행하듯 뒷골목을 살폈다.

　빠르게 걸으면 3분도 채 걸리지 않는 골목에서 1시간을 보냈다. 가죽 공방 주인 내외가 함께 가죽을 다루게 된 사연, 나무 판에 그려진 멋들어진 물고기 그림이 알고 보니 그 집 아이가 그렸다는 사실, 은세공 가게의 주인장이 유명한 디자이너로 한국보다 외국에서 더 잘 알려져 있다는 이야기, 옷 가게 주인이 자신이 파는 옷의 대부분을 직접 디자인하는 패션 디자이너라는 것은 그간 전혀 내 삶의 일부가 아니었다.

　사람들이 여행을 가려는 이유는 일상과는 다를 것이라는 기대감 때문이다. 이 기대감은 사실이기도 하다. 새로운 만남, 이국적인 풍경, 색다른 경험을 통해 오감이 열리고 다른 자극들이 들어온다. 보는 각도가 달라지면 받아들이는 정보도 바뀐다. 입력이 달라지니 출력도 다르다. 결과가 바뀌니 인생도 바뀔 수 있다.

반면에 여행이 길어질수록, 여행의 장소에 오래 머무를수록, 나의 열정이 시들수록 그 기대감은 일상과 다를 바 없이 귀찮고 고된 일들로 점철되는 경우가 있다. 여행의 기술을 제대로 익히지 못한 채 여행을 떠나면 여행도 일상이 된다. 여행 기간이 길어서가 아니라, 이를 대하는 나의 태도가 달라지는 거다.

북유럽 여행 당시, 여행 일정이 어느덧 두 달에 가까워지며 이상한 권태기에 접어들었다. 두 달 이상의 여행이 한두 번이 아닌데도 짐을 싸고 어디로 떠나야 하는 것이 귀찮고 지겨워지기 시작했다. 새로운 장소, 새로운 사람도 그게 그것처럼 느껴졌다. 숙소에 이틀 동안 머물며 잠만 잤다. 졸린 것은 아닌데, 달리 하고 싶은 것이 없었다. 나갈 때도 자고 있고 들어올 때도 자고 있는 여행객을 보며 아픈 것은 아닌지 말을 거는 사람도 있었다.

일상은 여행이 될 수 없을까? 소소한 것이 반복되는 일상에서도 충분히 여행에서 얻을 수 있는 재미를 맛볼 수 있다. 내가 얼마나 주의 깊고 새롭게 느끼느냐에 따라 말이다.

여행을 마치고 한국에 돌아오자 오히려 여행하는 기분이 들었다.

집 근처 늘 익숙했던 거리와 사람, 풍경들에서 새로운 것들이 보였다. 나의 감정, 느낌 들이 마치 3D 입체처럼 떠올랐다. 새로웠다. 얼마간의 시간이 지나자 거리와 사람, 풍경들이 다시 익숙해졌다. 호기심 어린 나의 마음이 그저 그런 일상으로 사물을 보기 시작했기 때문이다.

결국 여행은 심리적인 문제다. 모든 것은 마음먹기에 달렸다. 그렇기에 마음을 먼저 알고 마음을 공부하는 것은 삶을 제대로 살기 위한 기본이다. 여행은 신선하다. 하지만 곧 변질된다. 내 마음이 신선하지 않다면 말이다.

길치가 여행하는 법

세종 문화 회관 뒤편에 살았을 때다. 지하철 3호선 경복궁역과 5호선 광화문역 사이에 자리했다. 1호선이나 2호선을 타게 될 경우 충정로역이나 종로3가역에서 5호선을 갈아탄 뒤 광화문역에서 내리는 것이 일반적인 퇴근길이었다. 어느 지역에 일이 있건 지하철을 두세 번 갈아타고 집으로 돌아왔다.

그런 내게 버스 타기를 추천한 친구들이 있었다. 몇 번 시도해 보니 노선을 익히는 것이 어려웠고, 수많은 버스 중 무엇을 타야 할지 몰라 버스는 포기한 지 오래였다. 지금처럼 핸드폰 교통 앱으로 실시간 정보를 알 수 있는 시절이 아니었다. 우연히 집 근처에 사는 지인과 같이 지하철을 타게 됐다. 시청역이 가까워오자 지인이 말했다.

"시청역에서 내리려면 옆 칸이 더 빨라요."

"시청역에서 내려요? 여기서 내려서 어떻게 가요? 버스 환승하세요?"

"아니요. 시청역에서 걷는 게 여러 번 갈아타는 것보다 더 빨라요."

"시청역에서 집까지 걸어갈 수 있어요?"

"그럼요. 10분밖에 안 걸려요."

지인과 집으로 가면서 시청역, 종각역, 광화문역, 경복궁역 그 어느 곳에 내려도 집까지 10분 거리밖에 되지 않는다는 것을 처음으로 알았다. 이날 이후로 지하 세계로만 다니던 퇴근길은 지상을 활보하는 전혀 다른 방식으로 바뀌었다. 이곳에 산 지 1년이 넘은 뒤였다.

사람들은 이런 길치가 여행한다는 것이 신기한 모양이다. 365일이 넘는 기간 동안 방향과 지리가 헷갈려 집 근처도 파악하지 못했다는 사실 이외에도 길에 관한 에피소드는 손가락으로 꼽기 부족할 정도니까.

서울에서만 15년 이상을 살았지만 여전히 지하철 노선도를 헷갈린다. 지하철 어느 칸에 타서 내리느냐에 따라 움직이는 거리도 달라진다. 지인들은 쉽게 어느 방향으로 가야 하는지를 아는데, 나는 늘 내려서 표지판을 확인해야만 방향을 찾을 수 있었다. 매일같이 내리는 곳도 노선표를 확인해야 마음이 편했다. '길'이라는 단어가 들어가면 기억력 문제의 차원을 벗어난다. 정신이 혼미해지고 언제 내려야 할지 불안해질 정도다.

"아니, 길도 못 찾는 사람이 어떻게 여행을 다녀요?"

"지도도 잘 못 볼 텐데 괜찮아요?"

결론부터 말하자면 매우 괜찮다. 때로는 길을 잘 몰라 더 괜찮을 때도 있다. 물론 '오늘은 어디 어디를 봐야지' '이 박물관을 들러야지' '아까 숙소 주인이 알려 준 식당에 가서 밥 먹어야겠다'라고 결정한 뒤 그곳을 못 찾는 경우가 허다하긴 하다. 정작 방문하고 싶었던 곳 대신 엉뚱한 데를 들르거나 전혀 다른 곳에서 밥을 먹게 된다.

이럴 땐 몸이 다소 힘들다. 길을 돌고 돌아 계획했던 장소를 포기하게 될 땐 이미 상당한 시간이 지나 있기 때문이다. 음식점을 찾아 허기진 배를 친구 삼아 한 시간째 걷다 보면 목적지를 상실하고 결국은 아무 식당이나 들어가게 된다.

여행의 정점은 사실 이 지점에서 찍게 되는 경우가 많다. 피로한 다리를 이끌고 들른 식당이 지역 사람들 사이에만 알려져 있는 맛집일 때, 길을 잃고 멈추게 된 막다른 골목집에서 현지인의 결혼식 파티가 열리고 있을 때와 같이 길치는 우연을 벗 삼아 행복을 즐긴다. 예상치 못한 숨겨진 보물 같은 곳, 현지인만 아는 맛집, 나만 알고 있는 아지트처럼 은밀하고 멋진 장소를 발견하곤 하니까.

길을 잘 못 찾을 뿐더러, 돌아가는 숙소로의 길조차 잃는 일이 허다하다 보니 나만의 생존 방식이 생겼다. 틈만 나면 길을 잘 가고 있는지 주변에 묻는 것이다. 길을 물을 때 늘 덧붙이는 말이 있다. 만약 찾는 곳이 음식점이라면 이렇게 덧붙인다.

"이곳 말고 또 다른 추천할 만한 음식점이 있다면 그것도 환영 이야."

독일 베를린 여행의 마지막 날 게스트 하우스 주인이 알려 준 음식점을 찾아 나섰다. 한 끼를 먹더라도 한국에서는 먹기 어려운 음식, 현지에서만 먹을 수 있는 음식을 선택하고 싶었다. 숙소에서 만난 여행객 한 명과 함께였다. 해가 진 뒤라 가로등에 의지해 길을 찾는 게 만만치 않았다. 그때 마침 우리 옆을 지나치는 커플에게 식당 이름이 적힌 쪽지를 내밀며 위치를 물었다. 그러자 이런 답변이 돌아왔다.

"여기는 어딘지 모르겠고, 꼭 이 음식점을 가야 해?"

"그건 아니야. 이곳이 독일 전통 음식을 먹기에 좋다고 해서 찾는 거야."

"우리 지금 단골 식당으로 이동할 참인데, 마침 그곳이 독일 전통 음식점이야. 괜찮다면 태워 줄까? 그렇게 멀지 않아."

이런 행운이 있나. 독일 커플과 함께 차를 타고 도착한 어딘지 전혀 모르겠는 음식점 문을 열자 독일인들로 꽉 찬 테이블들이 보였다. 음식점 좌측에는 반원의 카운터가 있고 그 뒤로는 다양한 맥주들이 층층이 줄지어 진열돼 있었다. 새로운 메뉴와 음식들을 두리번거리며 신기하게 보거나 사진을 찍는 관광객은 단 한 명도 보이지 않았다. 커플은 카운터 직원에게 잠시 뭐라 이야기를 하더니 예약을 한 듯 자신들의 자리로 가며 우리에게 빈자리를 가리켰다.

우리는 카운터 직원에게 메뉴를 추천받고 음식을 주문했다. 다진 양배추가 들어간 소스를 끼얹은 고기와 감자 요리, 팔뚝만 한 돼지고기를 껍질째 구운 요리였다. 독일을 여행하는 동안 식당에서 음식을 먹으며 느끼한 고기 음식에 질려 있었는데도, 이곳 음식은 또 먹고 싶다는 생각이 들 정도로 맛있었다. 고기와 감자, 몇 가지 야채가 곁들여진 음식이 입맛에 꼭 맞아 한입씩 먹으며 감탄을 연발했다. 길을 헤매고 있던 것이 다행이었다며 동행자와 하이파이브를 했다.

길치는 여행을 거듭하며 발전했다. 길치가 정한 여행 미션 첫 번째, 물가가 비싸고 대중교통이 잘 돼 있는 나라는 사전에 이동 경로를 꼼꼼히 준비한다. 물론 GPS 시스템이 발달한 뒤는 반드시 핸드폰을 잘 챙긴다. 두 번째, 물가가 상대적으로 덜 부담되고 장기 여행인 곳은 평상시 하던 대로 길치의 본능을 따른다. 남에게 묻거나 길 잃는 것에 대해 관대하게 생각한다. 마지막, 가끔은 하루 종일 길 잃음을 즐긴다. 그곳에서 만나는 인연과 우연을 온전히 누린다.

오늘도 길치는 여행을 한다. 장소가 익숙한 생활 반경 안이든 전혀 생소한 곳이든 말이다. 길치이기에 오히려 더 많은 여행을 할 수 있다. 남에게는 익숙하고 늘 그저 그런 곳 혹은 당연한 장소가 길치에겐 새로운 공간으로 나타나기 때문이다.

삼류의 여행

"기자예요? 강사예요? 작가예요? 도대체 뭘 하고 싶어요? 한 가지에 올인하세요. 이것저것은 아니에요."

어느 날 한 지인이 내게 한 말이다. 그러고 보니 참 이도 저도 아니란 생각이 들었다. 기억을 더듬어 봐도 학창 시절 성적도 어중간, 잡지사와 신문사 시절 글도 그럭저럭, 무엇 하나 '최상'에 도달해 본 적이 없다. 누군가는 이런 어중간을 '중상'이라 표현하지만 결국은 못하는 것도 아니고 정점을 찍어본 적도 없는 삶이었다.

마음은 잘하고 싶지만, 방법과 방향성을 몰랐고 끈기도 없었다. 목표를 향해 치열하게 밤을 새우거나 집중하고 전진했던 적이 없었다. 그렇다고 제대로 놀아본 적도 없다. 단지 이것저것 많은 시도를 해봤다는 것, 하나만 남았다.

'난 되고 싶은 것, 배우고 싶은 것, 가고 싶은 곳, 먹고 싶은 것, 경험하고 싶은 것이 너무 많은데 결국 최고는 될 수 없는 걸까?'

'사실 어떤 분야에서 최고가 되고 싶은지도 모르겠다.'

생각이 이렇게 미치자 자괴감이 들고 답답했다. 이런 생각은 삶 중간중간마다 고개를 치켜들었다.

그러던 어느 날, 김재춘 공익 활동가의 강의를 들었다.

"광고 회사에서 일을 시작했고, 벤처, 행정과 정치 분야를 비롯한 다양한 일을 했어요. 한 분야에서 남들처럼 10년, 20년 이렇게 일해 본 적이 없어요. 그런데 어느 날 '왜 나는 한 가지 일에 집중하지 못하지?' 이런 생각이 들었어요. '나는 몇 년에 한 번씩 내 전문 분야를 바꾼다. 이것저것 집적이 아니라 다양한 분야의 전문가다' 이렇게 생각하고 나니 내 자신이 달라 보이더군요."

순간 '저 사람은 한 가지를 하더라도 제대로 했겠지. 나는 아닌데'라는 마음이 불쑥 일었다. 그러고는 집으로 돌아가는 길에 고개를 절레절레 흔들었다.

'좀 전의 생각이 나에게 도움이 될까. 어차피 한 번 사는 인생 매번 부족하고 비교하며 스스로를 작게 만들 필요는 없지. 나도 다르게 표현해 보자.'

한 인간의 삶을 규정지을 때 '나는 삼류 인생이에요. 제대로 하는 게 하나도 없어요'보다 '나는 여러 가지를 할 줄 알아요. 다양한 것을 경험했어요'가 훨씬 더 괜찮다는 것은 두말하면 잔소리다. 김재춘 활동가의 강의를 바탕 삼아 여행을 거듭하며 내 삶에 '삼류 인생'이란 말은 점차 사라져갔다.

그 어느 곳을 여행하든 그냥 '여행자'였다. 익숙한 곳이든 낯선 곳이든 삼류 여행자는 없었다. 여행자를 환대하는 곳에서 나는 '선물'이었고, 여행자가 흔한 곳에서는 '또 다른 여행자'였다. 여행자들 사이에서는 '동료'였고, 각자의 길을 걸어가는 '수행자'였다. 삼류는 그 어디에도 없었다.

여행을 하다 보면 서로 다른 연령, 다양한 경험을 지닌 사람들을 만나게 된다. 그 어느 누구도 나이가 어리다고 경험치가 다르다고 우습게 보지 않는다. '한 곳만 여행한 지 10년째다'라고 말하는 여행자든 '50군데를 여행 다녔다'는 여행자든 각자의 취향이다. 그 어떤 것에도 옳고 그름은 없다. 삼류였던 여행자는 당당히 자신의 길을 선택해 가는 거였다. 게다가 시간이 지나며 저절로 선택지는 좁혀져 갔다. 마치 뷔페에 처음 갔을 때 다양한 음식을 담아 오지만, 뷔페를 여러 번 가게 되면 내가 좋아하는 음식만 담게 되는 것과 같다.

인도 여행을 할 당시, 긴 머리를 하나로 질끈 묶고 홀로 여행하는 고등학교 1학년 학생을 만났다.

"아니 어떻게 고등학교 1학년인데 혼자서 여행을 다녀요?"

"학교를 다니며 책이 아닌 진짜 세상을 경험하고 싶어졌어요. 그

래서 부모님께 PPT 100장을 만들어 보여 드렸어요. 왜 학교를 관두
고 여행을 가고 싶은지. 여행에서는 무엇을 보고 경험하고 싶은지.
그리고 여행을 다녀와서 어떻게 할 것인지까지요."

　여행 경비를 마련하기 위해 6개월간 아르바이트를 하고 인도에
왔다는 학생의 말에는 자신을 책임지겠다는 당참이 느껴졌다. 내로
라하는 학생들이 가는 자사고, 이름만 들어도 대단하다는 생각이 드
는 학교를 다니던 학생. 학교 이름을 떠나 PPT 100장을 만들어 부모

에게 프레젠테이션을 하고 고1의 나이에 홀로 여행을 온 그녀에게 박수를 치지 않을 수 없었다.

"너무 멋있어서 안 되겠네. 점심 사 줄게요."

여행하고 싶은데 현실이 어렵다며 하소연하는 이야기를 종종 듣는다.

"이제 막 직장에 들어갔는데 여행가고 싶어요. 때려 칠 수도 없고 어떻게 하죠."

"대학생인데 돈이 없어요. 아르바이트해 봤자 얼마 못 받고. 여행은 가고 싶은데 결국 못 갔어요."

그럴 때 이렇게 이야기해 준다.

"그럼 가지 마세요."

돌아오는 이야기는 대부분 같다.

"진짜 가고 싶어요."

아니다. 그들은 진짜 가고 싶은 게 아니다. 가고 싶다고 착각하는 것이다. 여행을 꼭 하고 싶은 사람은 어떻게든 간다. 설마 자퇴한 고1 학생이 대학생보다 더 많은 급여를 받고 아르바이트를 할 수 있을까? 정말 시간이 없다면 주말을 끼고 가까운 곳부터 여행하면 된다. 게다가 사람들은 여행이라고 생각하면 왜 꼭 해외 여행을 가야 한다고 생각할까.

나 또한 한국 여행을 해 본 적이 없는 채로 어쩌다 보니 해외를 먼저 유람하게 됐다. 가파른 잎을 자랑하는 울창한 숲이 있는 스코틀랜드, 비 온 뒤 뭉게구름이 파란 하늘을 수놓은 핀란드, 빨간 양귀비 꽃이 가득한 이스라엘의 들판을 보며 얼마나 감탄했던가. 한국 여행을 시작하면서 이런 말을 하게 됐다.

"우아, 이 들판은 이스라엘과 똑같은걸!"

"구름 좀 봐. 비 갠 다음 날 핀란드 하늘 같네."

"세상에, 강원도는 스코틀랜드의 하이랜드를 그대로 옮겨온 것 같잖아."

만약 한국을 먼저 여행한 뒤 외국을 유람했다면 〈꽃보다 할배〉에서 주인공들이 감탄했던 것과 마찬가지로 "우아, 여기는 완전 변산반도 같네"라는 감탄을 했을 텐데.

어느 순간 나는 내 나름대로의 '여행 전문가'가 돼 있었다. 자신을 드러내기 주저했던 삼류 인생은 어느새 자신 있게 나를 이야기하며 사람들이 구하는 조언에 이야기를 나눠 주는 존재가 된 것이다.

망연자실했다. 어떻게 쓴 글인데. 터키 야간 버스에서 여행기가 담긴 노트북을 도둑맞고 머리끝이 쭈볏 선다는 경험을 처음 했다. 엎친 데 덮친 격으로 한 달도 채 지나지 않아 비용과 경로, 일기를 적은 노트까지 분실하고 말았다. 1년의 기록이 두 번에 걸쳐 모두 사라진 것이다.

프로 기사들은 바둑을 둔 뒤 바로 복기를 한다. 온갖 감정이 올라오는 승자와 패자가 갈린 상황에서 복기라니. 특히나 패자가 복기한다는 것은 나의 치부를 정면으로 바라보는 것이다.

나는 패자의 마음으로 리셋된 여행기를 복기하는 데 10년이 걸렸다. 여행 뒤 돌아와 들춰 본 통장의 잔고는 달랑 15만 원이었다. 전 재산 15만원은 내게 분실한 여행기를 복기할 여유를 주지 않았다.

곧 일상으로 돌아와 삶의 전선에 뛰어들었다. 하지만 그 일상은 여행 다녀오기 전의 그것과는 다른 종류의 것이었다. 여기서 얻은 점들을 글로 남기기 시작했다.

복기를 시작하며 나의 치부와 함께 추억이 줄줄이 딸려 나왔다. 여행 때의 감정, 어렸던 마음, 그때 그 시절의 인연들, 모두 복기였으나 실은 복기가 아니었다. 전혀 새로운 글들이 나왔다. 나는 10년 전보다 나이를 먹었고, 결혼하고, 아이를 낳아 길렀다. 보는 눈이 또 달라지기 시작한 모양이다.

나이 마흔 넘어 쓰는 글은 20대, 30대를 뒤돌아봄과 동시에 나의 여행과 삶을 전체적으로 보게 했다. 당시 느꼈던 감정과 경험이 세월을 거쳐 묵히고 나니 다르게 나타났다. 해석이 달라졌기 때문이다. 판국을 살피기 위해 처음부터 놓아 보는 바둑 복기를 하면 내가 어떤 실수를 했는지, 어떤 수를 잃지 못했는지가 보인다. 바둑 복기처럼 여행 복기를 통해 당시에는 어떤 것을 해석하지 못했는지, 다르게 해석했는지, 잘못 해석했는지가 여실히 드러났다. 그래도 결론은 하나다. 인생에 여행은 축복이고 감사다.

아이를 갖게 되자 평소 돌아다니는 것을 좋아하는 내게 주위 사람들이 조언했다.

"나이도 있으니 조심하세요."

"임신 초기에는 멀리 다니지 않는 게 좋아요."

몇 달을 조신하게 집 근처만 돌아다니며 지냈다. 몸이 근질거리기 시작했다. 병원에서 안정기에 접어들었다는 말이 떨어지기 무섭게 제주도로 여행을 계획했다. 잠자고 있던 여행 세포가 깨어나는 것이 느껴졌다. 공항에 들어서자 심장이 빠르게 뛰었다. 이 좋은 것을 여태 참고 있었다니. 동백꽃과 파릇파릇한 귤나무 잎을 마주하고 있다는 사실이 그저 좋았다. 바닷소리를 들으며 남편에게 이야기했다.

"여보, 아이 낳으면 육아 휴직하는 건 어때? 아이와 함께하는 시간은 다시 오지 않잖아?"

보수적인 직장에서 일하는 남편은 꽤 진지하게 내 제안을 고민하는 듯했다.

그로부터 7개월 뒤 나는 제주도에 있었다. 내 옆에는 100일이 갓 넘은 아이와 남편이 함께였다. 남편, 아이와 함께하는 여행은 혼자만의 여행과는 전혀 달랐다. 특히나 아기와 함께하는 여행이라니. 아기를 먹이고 재우고 어르는 시간이 여행의 반이었다. 그럼에도 매일 바닷가와 숲길을 걷고 제주 곳곳을 귤 까먹듯 야금야금 하나씩 찾아다녔다. 걸음으로 3분이면 바다가 보이는 마을에 머물며 시시각각 달라지는 노을을 감상하는 것은 하루의 일과 중 하나였다. 혼자 여행 다닐 때 흔히 하던 '아! 이 좋은 것을 혼자 보다니' '맛있다. 혼자 먹기 아깝다'는 생각은, 어느새 가족과의 여행을 통해 "함께 하니 좋다!"로 표현되고 있었다.

갓난아기였던 딸이 어느덧 다섯 살이 돼 함께 손잡고 여행을 할 수 있게 됐다. 딸은 단풍을 보며 "우아, 예쁘다" 하는 엄마를 따라 "우아, 예쁘다"를 외친다. 두 눈을 깜박이며 호기심 어린 눈으로 사물과 배경을 바라보는 아이. 눈 깜짝할 사이에 20대, 30대가 되겠지. 아이가 힘들어할 때, 고민이 생길 때, 무언가 결정짓지 못해 갈등할 때 조언해 줄 것이다. 여행을 가라고. 여행을 통해 얻은 해결책이나 답이 정답은 아닐지라도 여행하며, 혹은 다녀온 뒤 내리는 결정은 후회 없을 거라고.

엄마처럼 배낭 하나 둘러메고 여행 다닐 딸이 그려진다.

"엄마, 여행 다녀오겠습니다"라는 인사를 할 아이에게 이렇게 말하고 싶다.

"여행 잘 다녀와. 네가 무엇을 보고 어떤 사람을 만나든 그 모든 것이 소중하고 감사할 거야."

여행에서 받은 에너지와 사랑으로 그 다음 삶을 더 멋지게 이어나갈 아이에게 미리 축복한다.

"순간순간을 느끼고 행복하게 살아가렴. 너의 여행은 일상의 삶에서 계속될 거야."

내 미래의 딸아이처럼 지금 여행을 꿈꾸고 계획하고 여행가는 당신에게도 전하고 싶다.

무엇을 선택하든 그 과정과 결과에서 얻은 것은 반짝이는 보석과 같을 것이다. 당신을 두근거리게 하는 찬란하고 아름다운 것 말이다.
손에 쥘 수 없는 보기에만 빛나는 별이 아닌, 내 손으로 쥘 수 있는
눈앞에 있는 보석. 그 보석의 주인이 당신이기를 기원한다.

글 최지은

파랑새를 찾으러 여행을 떠나는 치르치르와 미치르처럼 꿈을 찾기 위해 영국행 비행기를 탄 것이
첫 여행이 됐습니다. 이후 43개 나라를 여행하며 파랑새는 내 안에 있음을 깨닫고, 이를 통해 얻은
경험과 성찰을 이 책에 담고자 했습니다 . 지금은 청소년들과 함께 그들안에 있는 꿈과 비전을 찾는
진로와 학습 코칭을 하며 살아가고 있습니다.

어쩌다, 혼자 여행

© 최지은 2022

1판 1쇄 인쇄 2022년 3월 31일
1판 1쇄 발행 2022년 4월 1일

글 최지은
펴낸이 김지유 노지훈
편집 김사랑
펴낸곳 언제나북스
출판등록 2020. 5. 4. 제 25100-2020-000027호
주소 22656 인천시 서구 대촌로 26, 104-1503
전화 070-7670-0052
팩스 032-275-0051
전자우편 always_books@naver.com
블로그 blog.naver.com/always_books
인스타그램 @always.boooks

ISBN 979-11-970729-8-7

언제나북스는 여러분의 소중한 이야기를 기다립니다. 전자우편(always_books@naver.com)으로 원고를 보내주세요.
언제나 읽고 싶은 책을 만들기 위해 노력합니다.